osananajimi no imouto no
kateikyoushi wo
hajimetara 3
「その……いや、だった?」
ん大胆だなぁ」

osananajimi no imouto no kateikyoushi wo hajimetara 3

CONTENTS

アルバイトする幼馴染が愛おしい
「……緊張するわね」

とある日の幼馴染たちの朝
「あらあら。あと五分って言ってたじゃない」
「もー、何で起こしてくれなかったのー！」
高西まなみ
たかにしまなみ
康貴と愛沙が恋人同士になったのを一番喜んでいる妹。二人の関係を応援しつつ、少し複雑な気持ち。

「変じゃない……よね？

康貴くん……

気付いてくれる、かな？」

入野有紀《いりのゆうき》
康貴たちのクラスに転校してきた幼馴染。幼い頃は活発的だったが、とある理由から引っ込み思案な性格に。

「そう？　私は楽しみー！」

「行ってきます。
この時間なら康貴のこと、
起こせるかな？」
高西愛沙
たかにしあいさ
康貴と想いを確かめ合い恋人同士になった幼馴染。これまでの抑えていた気持ちが解放され、デレ期に突入中。

一緒に
「……出来るかな」

幼馴染の妹の家庭教師をはじめたら３

再会した幼馴染の家庭教師もすることに

すかいふぁーむ

ファンタジア文庫

3067

口絵・本文イラスト　葛坊煽

幼馴染の妹の家庭教師をはじめたら

再会した幼馴染の家庭教師もすることに

osananajimi no imouto no kateikyoushi wo hajimetara

saikaishita osananajimi
no kateikyoushi mo surukotoni

3

「家庭教師を……お願いします……！」

今のボクの精一杯を、この言葉に乗せる。
いつかこの特別な想いを、逃げずに伝えたいから……。

プロローグ　いつもの光景

　夏休み最終日。

　毎日部活三昧だったまなみにとって貴重なはずのその一日は、俺の家庭教師という形で消費されることになった。

「今日はオフだったんだな」

「うんー。昨日勝ってたら行く予定だったんだけどねえ」

「で、せっかくのオフがこれでいいのか？」

「良《い》いの良いの！　宿題しかしてなかったけど夏休み明けてすぐ実力テストがあるの忘れてたんだもん」

　うちの学校は二学期の開始早々に実力テストを実施する。

　成績に大きく影響する中間期末テストほどではないものの、重要なポイントの一つではあった。

「康貴《こうき》にぃこそ大丈夫だった？」

「俺は何の予定もないから心配しないでいいよ」

むしろこうしてまなみの家庭教師にやってきて、同時に愛沙《あいさ》にも会える予定の方が、家で休んだりするよりよっぽど有意義だった。

「良かったー！　じゃあよろしくおねがいしますっ！　先生！」

「はいよ。と言っても一日しかないから……教科は絞っていくぞ」

「はーい」

久しぶりに宿題の監視じゃない本来の家庭教師だ。気合を入れよう。

◇

「随分らしくなってきたんじゃない？　先生」

いつものパターンになりつつある家庭教師後の晩御飯に呼ばれて食卓につくと愛沙がからかってくる。

「えへへー！　康《こう》にぃ先生向いてるよねぇ。すっごいわかりやすい！」

「あら。一時はどうなるかと思ったけどこれでまなみも卒業できるかしら」

「そんなに心配されてたのっ⁉　私⁉」

「ふふ」

おばさんもまなみをからかうようにそんなことを言っていた。

「康貴、お茶いる？」

「ああ、ありがと」

空いていたグラスに気付いた愛沙がお茶を注いでいる様子を眺めていたおばさんが唐突にこう言った。

「ふうん。ついに貴方《あなた》たちくっついたのね」

「はっ⁉」

「ちょっと愛沙っ⁉　溢《あふ》れるから⁉」

おばさんの言葉に動揺した愛沙が思わずボトルを落としそうになったのを慌てて支えた。

当然身体《からだ》が妙に密着することになるんだが……。

「あらあら」

「お母さんが変なこと言うからでしょ！」

「あら、違うの？」

「それは……その……」

「ふふ」

この辺りは本当にまなみの母親だなあと思わされるところだった。

「どっちと結婚してくれるかなぁと思ってたけどお姉ちゃんが勝ったかぁ。いや、まなみが譲ったのかしら？」

「えー？　譲ったつもりはまだないけどね」

そう言ってまなみが笑う。

「あら？」

「ちょっとまなみっ⁉」

「えへへー。まあお姉ちゃんが油断してたらもらうから、大丈夫！　高西《たかにし》家と藤野《ふじの》家はちゃんとくっつくよ！」

「それを聞いて安心したわぁ。愛沙だと照れて何もせずに自然消滅、みたいなことになっちゃうかと思ってたから」

「もーっ！　二人とも好き勝手……！」

愛沙が赤くなってむくれる。

家でしか見せてくれない可愛《かわい》らしい顔を、俺の前でも見せてくれることに少しドキドキする自分がいた。

二学期のはじまり

「あー、夏休みも終わっちまったなあ……」

久しぶりの学校。

相変わらず前の席でボサボサな髪をかきながら暁人《あきと》が声をかけてくる。

「そうだな……」

夏休みが終わったことは残念といえば残念だった。

だが俺にとってこの夏休みはあまりに怒涛《どとう》の日々を過ごしたせいか、休んでいた実感が薄い。

毎日のようにどこかに行っていた夏休みのあの日々に比べると、毎日同じ場所に来るだけの学校のほうが落ち着いた印象すら感じているところだった。

「お前はまあ色々あったからいいだろうよ。後で話聞かせろよ」

「うっ……」

暁人にはそのうち話すことになるんだろう。

色んな所で見られてるしな……。

ただ、愛沙との間での約束はこうだった。

◆

「学校では付き合ってること、言わないようにしようと思うの」

意外といえば意外だった。

もともと愛沙は俺が隠すのを良しとしないようなことを言っていた気がしたからだ。

「なんでだ?」

だが理由を聞くとまあ納得できるものだった。

「えっと……まなみにも言えなかったのに、私たちからちゃんと報告できると思う?」

「それは……」

ぐうの音も出ない理由だった。

まなみは自分で察してくれたから有耶無耶《うやむや》になったが結局俺たちはそれを押し付けあっていたんだったな……。

「よく話すメンバーならそのうちバレるでしょうし、わざわざ改まって言う必要もないかなって」

「まあそうか」

「あとは……まあこっちはいいわ」

「いや気になるだろ。そこまで言ったら」

そこまで言って愛沙の顔が真っ赤なことに気付く。

何でだ……。

「うぅ……」

「えっと……」

唸《うな》り始めた愛沙にどうしていいかわからず戸惑っていると、愛沙がこう叫んだ。

「その！　まなみに言われたのよ！　私と付き合ってるってわかったら康貴が目立っちゃうって！」

「それはまあ……」

学年のアイドルと付き合うのだからそうなるだろう。

そこを気にしてくれたのだろうか、と思ったが、どうやらもう少し事情が違うらしい。

「康貴は今までたまたま目立つことなく過ごしてくれたからモテなかったけど、注目を浴びたら間違いなくモテる！」

「ええ……」

それはないだろう……。

「やっぱり……わかってないのもだめ！　とにかく！　学校で康貴を目立たせたくないの！」

「そうなのか」

「そう！　康貴がかっこいいのは私だけが知ってれば良いんだから」

直球の言葉に思わずこちらも何も言えなくなって固まる。

「うぅ……なによ……」

「いや……」

「もうっ！　とにかくだめだから！　わかった⁉」

「わかったよ」

◆

教室で視線を感じると思って愛沙のほうを見ると、さっと顔を背けられた。

わかりやすくさっきまで見てたことがわかる。

一学期もこんなことがあった気がするけど、そのときは嫌がられてるとか思ってたんだよな……。

『見ないで！』

ポケットで震えた携帯を取り出すと愛沙からそんなメッセージが来ている。

可愛らしく泣くクマのスタンプとセットのおかげで何を考えてるのかまでセットで。

『愛沙が見てたんだろ』

『でも……その……』

『まあ見ないでというなら見ないようにするけど……』

『それもなんかその……いや……』

難しい。クマのスタンプも複雑な表情だった。

どう返したものかと考えていると、愛沙からこんなメッセージが飛んでくる。

『その……今日、一緒に帰ってくれる？』

思わず愛沙のほうを見てしまうと、顔を真っ赤にして隠れる愛沙と……。

『見ないで！』

二回目の見ないで！　が来てしまった。

今回はスタンプをつける余裕もない様子だったが、その代わりに本人がわかりやすい反応を見せてくれていた。

◇

「色々聞きたかったけど、また今度みてぇだな」

「え？」

放課後。

なんだかんだ暁人と一緒に教室を出て下駄箱《げたばこ》までいくと、突然そんなことを言って暁人が離れる。

急にどうしたのかと思ってたら……。

「愛沙《あいさ》」

「……その、一緒に帰る約束……だから」

バレたくないから道の途中で合流って話にしてたはずだったんだけど……。

『はやく会いたかったの！』

本人は無言で、でもメッセージだけはクマのスタンプと一緒に送られてくる。

「……ダメ？」

「ダメなわけない」

付き合った幼馴染《おさななじみ》が可愛すぎて、この二学期、俺の身体が持つのか心配になってきた。

付き合うということ【愛沙視点】

『今何してるの？』

『テレビ見てた』

『ふーん』

布団《ふとん》に潜り込み、バタバタと足を遊ばせながらクマのスタンプを康貴《こうき》に送りつける。

たぶん今、私はちょっと人に見せられない表情になってると思う。

だらしなくニヤッとしてしまって、それをなんとかしようと思っても、すぐにまたニヤニヤと口が緩むのを自分で感じる。

「康貴と……なにもないことでこんなやり取りができるなんて……」

携帯を抱きしめながらベッドをゴロゴロ転がっていると、康貴にもらったクマのぬいぐるみとぶつかる。

「えへへー。ついに康貴と付き合っちゃったよぉー」

何度目になるかわからない報告をぬいぐるみにして、またぬいぐるみを抱きしめてゴロゴロ転がる。

――ピコン

「あっ……」

自分でも本当にどうしようもないくらい、康貴と付き合ってから楽しくて、はっきりと自覚するくらい浮かれていた。

でもしかたない。外ではなるべく我慢してるのだから。

まあ今日もちょっと……通学路で待ち合わせる予定だったのに待ちきれずに下駄箱に行ったりしちゃったけど……。

でも！

まぁまぁちゃんと、我慢してると思うの。

それより今はメッセージだ！

『そっちは何してたんだ？』

「えっ……」

康貴からの問いかけに思わず固まる。

なに……してる……って言ったら良《い》いのかな。

流石《さすが》にベッドでゴロゴロしてた、じゃ恥ずかしいし……。

『クッキー作ってる』

料理をするクマのスタンプと一緒に、とっさにそんなことを送ってしまう。

『いいな。食べたい』

ドキッとする。

康貴がこうしてちょっとしたことでも、求めてくれるとなにか自分の中で満たされていく気持ちになって……。

『明日』

『楽しみ』

それだけのやり取りで、私はすっかりやる気になって……。

バッとベッドから飛び出して、キッチンに向かう。

「よーし作るぞー！」

付き合い始めて一週間も経《た》ってないが、付き合ったからといって何かが劇的に変わってはいない。

ちょっとそわそわして、このままで良いのかなとか思っちゃうけど、でもこんなやり取り一つ一つで幸せになる私には、これで十分な気もしている。

だからこそ……このままだと何も進展しないような……それで康貴がいいのかどうか

……それだけはちょっと、気がかりだった。

ただ自分の性格も嫌というほどわかってる。

ここで考え込んでも、いい方向には進まないはずだ。

だから……。

「クッキー、頑張ろ」

改めて、クッキー作りを開始する。

「喜んでくれるかな……」

それだけでも私は、幸せな気持ちになっていた。

朝の愛沙と転入生

「……起きて」

朝陽《あさひ》が差し込む部屋で布団を揺り動かされる。

もう朝か……？　いや、そもそもこれ……。

「……え？」

「康貴……」

何故《なぜ》か俺の部屋に、制服姿の愛沙がいた。

「これ……どうしても早く渡したくて……来ちゃった……」

可愛《かわい》らしくラッピングされた袋に入ってるのは……。

「クッキー？」

「うん……迷惑……だったかしら？」

「いや……そうじゃなくて……とりあえず起きる」

ベッドに寄りかかってこちらを見つめる愛沙といつまでも寝たまま話すのは、なんか落ち着かなかった。

逆光に照らされた愛沙の不安そうで、でも頬を染めて期待するような表情に、朝からドキドキさせられる。

「おはよ。康貴」

「ああ、おはよ」

「じゃあ、これ……」

「ありがと……」

お互いそれっきり、言葉がなくなって、ただ見つめ合う形になって……。

「愛沙ちゃーん！　康貴起きた？　起きなかったらベッドから落としちゃっていいからねぇ！」

「へっ⁉　はい！　起きてます！」

「あら、そうなの？　じゃあ朝ごはん出来てるから、愛沙ちゃんも食べていく？」

「私は家で食べてきちゃったので……」

「そうなのー、今度からはうちで食べていきなねぇ。また来てくれるなら、だけど」

「もちろんですっ！」

下から叫ぶ母さんの声で、ようやく朝を迎えた気がした。

◇

二学期二日目。

「今日はどうも昨日と雰囲気が違うな」

暁人《あきと》の言葉にクラスを見渡す。

「確かに……？」

クラス中からちょっといつもと違ったソワソワした空気みたいなものを感じる。

途中でこちらを見ていた愛沙と目が合ってしまって顔を赤くされたが、朝のクッキーのせいだな……。あれはめちゃくちゃ美味《おい》しかったし、結局そのまま一緒に登校したからまるで一緒に生活してるみたいで妙な気持ちになっていた。

そんな考え事をしているとちょうどよく担任が教室に入ってくる。

そしてすぐに、クラスを包んでいたソワソワした雰囲気の正体が明かされた。

「転入生を紹介する」

担任の声に改めて教室中がざわめきだす。

「俺職員室でみたけど、めちゃくちゃ可愛かったぞ！」

「うぉおおお」

色めき立つ男子たち。

そうか。二学期からはあいつ……有紀《ゆうき》が転入してくるって言ってたな。

昨日は授業もなくとりあえず学校に来て課題を出すだけのような日だったし、今日に合わせたのかもしれない。

いや待てよ……？　可愛かったってことは二人いるのか？　転入生。

「さて、それじゃ入ってこい」

「はい……」

見てきた男子が騒ぎ立てるのがわかるような、か細く守りたくなるような声が教室に届いた。

「おお！」

「絶対可愛い！　もう声が可愛い！」

「案内してあげたい！」

男子のテンションはピークに達している。ガラッと扉を開いて姿を現したのは、まさに先ほどの声を体現するかのような小動物を彷彿《ほうふつ》とさせる美少女だった。

おどおどと不安そうに辺りを見渡しているので担任が助け舟を出す。

「入野《いりの》。自己紹介を」

「あ、は……はい」

またも消え入りそうなか細い声でそう答えてから、スカートの裾を摑《つか》んで何度も深呼吸をする。全体的に色素の薄い透き通るような肌の美しさと、どことなく儚《はかな》さのある美少女だった。

「は、はじめまして。入野有紀です」

目が隠れるほどの前髪を揺らしながら、ペコリと頭を下げる転入生。

あれ？　いま有紀って……。

「あー……入野は高西《たかにし》と藤野《ふじの》とは幼馴染《おさななじみ》にあたるらしい。二人とも任せたぞ」

担任が補足すると転入生が縮こまって顔を隠した。

「え？」

あまりにイメージにあった有紀と違いすぎて驚く……というより、女子だっただけで驚きなのに、あの有紀がこんな引っ込み思案になっていることが信じられなかった。

だが驚いたのは俺だけではない。

「「「えぇぇぇぇぇぇ!?」」」

そもそも俺と愛沙《あいさ》が幼馴染という情報すら初耳だったクラスメイトたちの叫びが朝の学園にこだました。

「どういうことだ藤野⁈」

「なんでお前が高西さんの幼馴染なんだ⁉」

そんなこと言われても……。

「それに転入生の美少女までって！」

「前世にどんな善行を積んだんだ⁉」

前世のことなんか俺が知りたいくらいだ。

そんな様子を見て笑う暁人に声をかけられる。

「良かったじゃねえか。人気者」

「いや、助けろよ」

複数のクラスメイトに詰め寄られる状況。そんな様子を見て笑うだけの暁人だった。席が近いから助けを求めるもヘラヘラするだけで全く当てにならない。

「あう……」

担任の配慮で俺のそばに机を持ってきた有紀がやってきて、さらにクラスメイトの視線が鋭くなるが……。

「久しぶり……」

「う、うん……よろしく、ね？」

「ああ……」

髪で顔を隠しながら、それだけ返すので精一杯の有紀。

今の俺にクラスメイトを気にする余裕はまったくなかった。

――入野有紀
俺と愛沙とまなみの幼馴染で、俺の唯一の男友達だ。それが有紀だったはずだ。

でも今の姿は……思わず本物かと聞きたくなるほどに変わっていた。

俺たちを外に連れ出し、森を見つければ森に入って虫を捕まえまくって怒られ、川を見つければ激流の中に飛び込んでいって怒られていたというのに……。

「いやほんと……まさか女だったとは……」

「うぅ……」

引っ込み思案だったまなみの手を引いて、今の元気で明るいまなみを作ってくれたのも有紀だった。それが今じゃ、まるで逆転しているように見える。

「久しぶりね」

「愛沙ちゃん……」

「久しぶりね……ほんとに」

そうやって笑う愛沙は、いつになく柔らかい表情をしていた。

「うん。ボク……」

何か言おうとして、でも言葉にならない有紀に、愛沙はただ笑いかけてこう言った。

「まなみも会いたがってるし、今日は一緒に帰りましょ」

「……うんっ」

初めて有紀の顔が上がる。

その顔はやっぱりあの頃の有紀と頭の中で繋《つな》がらず混乱したけど、とにかく懐《なつ》かしい再会に、どこかワクワクしている自分がいた。

◇

休み時間の度にクラスメイトというクラスメイトに囲まれた。一生分人と話した錯覚さえ覚えるほどに……。

そしてようやく、放課後を迎え解放されると安堵《あんど》していたんだが……。

「わー！　本当に有紀くんがいる！」

「まなみ……」

放課後、上級生のフロアに物怖《ものお》じすることなく飛び込んできたまなみに注目が集まる。

「なんだあの子、めちゃくちゃ可愛いぞ」

「勝利の女神を知らないのか？　というか高西の妹だぞ」

「えっ……そりゃ可愛《かわい》いはずだわ」

学年を跨《また》いで有名ではあるが全員知っているわけではないか。

まあこういうことを繰り返してるうちに知られるようになるのだろうな……。

俺はそんなことよりもまなみの声を聞いてこんなことを考えていた。

「やっぱ有紀くん、だよなぁ」

男の印象が強い。でも目の前にいるのは……。

「うぅ……」

すっかり小動物のように縮こまる有紀。

まなみの小さい頃を思い出す。こうやって俺の後ろに隠れて服を引っ張るところとかも
……って……。

「有紀、せめて学校では愛沙に隠れるようにしてくれると……」

「だ……め……？」

有紀の表情を見て諦める。髪で半分隠れているが、うるうるした目で見つめられて何も言えなくなったのだ。まあ、愛沙より大きいし壁にはいいんだろうな……。

だがそうなると当然周りの目が気になってくるんだが……。

「くそう……なんで藤野ばかり……」

そんなクラスメイトの呪詛《じゅそ》を払ってくれたのは……。

「はいはーい！　そんなに見てたら余計怖がらせちゃうでしょ、男子ー。藤野くんが全員お嫁さんに出来るわけじゃないんだからここで好感度下げちゃもったいないぞー？」

東野《とうの》が間に入ってこちらに熱視線を送る男子たちをあしらってくれる。

その言い方はどうかと思うんだけど……。愛沙が一気に真っ赤になって俺もつられそうになったし……。

ただ実際、休み時間は東野と秋津《あきつ》がこうやって壁になってくれたおかげで有紀は守られていたことを考えると、感謝せざるを得ない。

と、その間に教室にやってきていたまなみが有紀を捕まえていた。

「有紀くん、すっごく可愛くなってるー！　ぎゅーってしていい？」

「その……うん……」

「わーい！」

「わっ……」

そのままぎゅーっと有紀に抱きつくまなみ。

「って待て待て、まなみの力で抱きついてたら有紀やばいだろ!?」

あの頃の有紀ならともかくいまはこんなに小動物っぽいのに……と思ったが。

「んー？　有紀くん、全然だいじょぶそうだよ？」

きょとん、とまなみが首をかしげながらそう言う。

その言葉通り、まなみがほぼ全力で抱きしめているのに有紀は全く動じる様子がなかった。もしかすると変わったのは内面のほうが大きくて、身体《からだ》のほうは前までと同じパワフルなまま成長しているのかもしれない……。そうなるとまなみの強化バージョンのようなことになるんだが……。

「あう……」

俺と目が合っただけで縮こまってしまう今の有紀を見ていると、全くそんな姿は想像出来ないけどな……。

◇

「あははー。康貴《こうき》にぃは知らなかったのかー」

帰り道、まなみが笑いながら楽しそうに歩いていくのについていく。

まなみのペースで大丈夫かと思ったが有紀は全然問題なさそうに歩いていた。

「え？　俺だけなのか？　有紀の性別間違ってたの？」

「一緒にお風呂《ふろ》まで入ってたのにー」

いやそういえばあの頃って愛沙やまなみとも一緒に入ってたのか……。今考えると……いやなんか最近も一緒になった気はするけどあれは忘れよう……。

「そういえば、家はどこなの？」

「えっと……」

「あっ！　じゃあ今度みんなで有紀《ゆうき》くんの家一緒に行こっか！」

「その……」

有無も言わさずまなみが率先してそう決める。

「勝手に決めたら迷惑だろ」

俺がそう言うと有紀が俺の服の先をつまんでふるふる首を横に振った。

「……だ、大丈夫」

その様子にまなみが飛び跳ねて喜ぶ。

「やたー！　じゃあ行こー！」

「今度、って自分で言ったでしょ」

走り出そうとするまなみの手を握って食い止める愛沙。

糸の切れた凧《たこ》だな……。摑んでないと飛んでいく。

それだけ有紀との再会が、まなみにとって嬉《うれ》しかったんだろうけど……。

「じゃあいつ行っていいかだけまた教えてくれ」

「うん」

「あっ、そうだ！　メッセージグループつくろー！」

まなみが携帯を出しながらそう言う。

「じゃあはい、これね」

まなみが携帯画面を差し出して、有紀がちょっと戸惑いながらもそれに応じる。

あとは勝手にまなみがグループをつくって、自動的に俺と有紀も連絡先が繋がった。

「グループ名は……幼馴染《おさななじみ》でいっか！」

「そうね」

「……うん」

ちょっとだけ嬉しそうに、有紀も答える。

「じゃあここで連絡を取り合おー！」

そう言いながら何かを入力していくまなみ。

画面にはまなみが送ってきたスタンプが表示されているんだが……。

「トカゲ？」

「可愛いでしょ！」

　随分デフォルメされてるから可愛いは可愛いんだが……。

「愛沙《あいさ》はクマ、だよな」

「なによ……」

「いや、別に責めてない」

　恥ずかしそうに唇《とが》を尖らせる愛沙。

　なんかもう、それだけでも可愛い。

「有紀はうさぎなのね」

「うん……」

「かわいー！」

「うさぎ、可愛い……よね」

「うんうん！」

　今の有紀の様子を見るとたしかに、似合っている気がした。

有紀の家

「わーい！　有紀くんの家だー！」

後日、改めて放課後に一緒に有紀の家に行くことになったんだが……。

「おい、道知らないだろ、まなみ」

「多分こっちだよ！　康貴にぃ！」

どっちに向かうかもわからないはずなのにまなみが先導していく。

「合ってるのか……？　あれ？」

前を行く有紀に聞こえたようで、こちらを見てコクンとうなずき、また前を行くまなみについていく。

「ふふ。本当にまなみは有紀に懐いてるわね」

前を行く二人を眺めながら、俺の横に並んだ愛沙が柔らかく笑ってそう言う。

「あれ、懐いてる……のか？」

勝手に前を行って有紀に面倒を見てもら……あれだ、犬の散歩のような……。

「懐いてる、でしょ？」

俺の考えが伝わったのか、愛沙がそう言って微笑《ほほえ》む。

まあ確かに、有紀といると生き生きしていて、有紀相手には何の遠慮もなくくっついたりせわしなく動き回ったりしている。

それに有紀も、不思議とまなみのペースに合わせることに嫌な顔をしない。

まったく性格が逆にはなったけど、あの頃の二人を見ているようだった。

◆

「ぐすっ……行くっ……！　私もゆうきくんとこうにぃと行くぅぅ」

あの頃、家族の他には俺にしか心を許さなかった引っ込み思案なまなみが、全然タイプが違うはずの有紀にだけは必死について行こうとした。

それまでなら挑戦しなかったアスレチックのような雑木林の抜け道にも、泣きべそをかきながらも何とか追いつこうとしたのをよく覚えている。

「いいよ。おいで」

有紀は別にまなみを手伝ってあげたりしたわけじゃなかった。

ただ先を行って、でもまなみがやってくるまでひたすら待ってあげていた。

「ぐすっ……ひぐっ……」

結局俺や愛沙が手伝ったりしていたんだけど、それでもまなみはどんどん自分でなんとかしていく力を身につけていった。

いつの間にか手助けが要らないどころか、誰よりも身のこなしの軽い運動神経おばけが出来上がったのだ。

◆

「そういえば、愛沙は有紀が女だって知ってたのか？」

「そうね……あんまり覚えてなかったけど……。まあでも、少なくとも印象に残ってる姿じゃないことは間違いないわね」

「そうだよなぁ」

「変わってないところもあるみたいだけど」

どこがだろうと思っていると、いつの間にかまなみを追い越していた有紀が、信号の先でじっとこちらを見てまなみを待っている。

「なるほど」

「見た目が変わっても、まなみにとっては康貴とは違うお兄ちゃんなのかもしれないわね」

「この場合愛沙とは違うお姉ちゃん、が合ってるんじゃないか？」

すっかり変わった有紀に戸惑ったが、それでも変わらないものもあることに安心する。

四人で歩く帰り道は、初めて歩く道なのにどこか懐《なつ》かしかった。

◇

「ここなのっ⁉」

「うん……」

有紀の案内でたどり着いたのは、オープン準備中のカフェだった。

「そういえば、有紀の両親の記憶はあんまりないな……昔からカフェとかやってたのか……？」

「昔は……違うんだけど……」

「まあまあ、とにかく入ろー！」

「こらまなみ、勝手に行かないの」

さすがのまなみも歩いては行ったものの、扉の前でしっかり待っている。

有紀が扉に手をかけ……。

「いらっしゃい……ませ」

顔を赤くしながらそう言う。

カフェの入り口でそんなことを言うので、少し店員っぽくて驚いた。

まあちょっと今のままじゃ、店員をやるのは厳しそうなおどおど感だけど。

「わーい。おじゃましまーす」

「お邪魔します」

まなみと愛沙に続いて俺も中に入ると……。

「いらっしゃい。久しぶりだね、まなみちゃん、愛沙ちゃん、康貴《こうき》くん」

「あ、いらっしゃーい！　まだ何もないけどコーヒーくらいなら出すから座って座って
ー！」

俺は覚えていなくても向こうは覚えていてくれたようだ。

ただその見た目に一瞬、ビクッとなる。

お父さんのほうは少し強面《こわもて》で頭もリーゼントみたいになっているし、お母さんも若々しい……髪も派手な色で、若干ギャルっぽいくらいの見た目をしていたから。

二人……ここに来るまで何してたんだろう……。

いや怖いのは見た目だけで物腰は柔らかかったし、お母さんも人当たりがいいんだけど……。

「お久しぶりです」

「いやぁ大きくなったなぁ。康貴くん、覚えてないだろう？　僕のことなんて」

「あはは……」

お父さんの言葉は笑ってごまかすしかなかった。

「しょうがないじゃない。みんなまだ小さかったもの。ほらほら、こっちこっち」

なにもない、と言っていたはずなのにクッキーと飲み物の載ったお盆を持ってきた有紀《ゆうき》の母が俺たちをボックス席に誘導してくれる。

こういうところはなんか、お母さんという感じがして安心感があった。

「聞いたわよー、康貴くん。まなみちゃんの家庭教師やってるみたいじゃない」

「いつの間に……」

子どもたちより親同士のネットワークのほうが早いな……。

「うちの有紀もお願いしようかしらー」

「成績、悪いんですか……？」

あの当時は何でも出来たイメージだったんだけど……。

今の姿を見るとどうなってても不思議じゃないからな。

「んーん。そっちはあんまり心配してないんだけど、ほらぁ、この子すっかりこんな感じでしょう？」

「あう……」

視線が集まって縮こまる有紀。なるほど……。

「これはこれで可愛《かわい》いんだけどねえ」

と言いながら有紀を撫《な》で回すお母さん。

「あぅー……お母さん、やめて……」

そうは言いながらもされるがままになりながら目を回す有紀。

仲が良《い》いみたいでほっこりする。

「まあでもほら、親としてはまなみちゃんみたいに元気一杯な姿もまた見たいなあってねえ！　なんかで自信でも付けてくれればって思ってるのよ」

まだ再会間もないというのに、まなみの最近の様子はばっちりお見通しのようだ。

すでに親同士で聞いているんだろうけど。

「私も有紀くんとまた一緒に外で遊びたいなー！」

本当によく懐いている。まなみには有紀の変化は大きな問題ではないようだった。

俺からするとそもそも男友達が女になっていたというだけで戸惑ったんだが、そんなことよりキャラがあまりに変わっていてそれどころじゃないという話もある。

まなみに見つめられた有紀はうつむいて髪で顔を隠すが……。

「ほら！　この子可愛いでしょー！」

「ちょっ⁉　お母さんっ⁉」

「こんないい顔してるのにこのままじゃもったいないと思ってねえ」

バッと髪を無理やり上げられた有紀。

初めてしっかり喋《しゃべ》ったのを聞いた気がするが……確かに……。

「可愛《かわい》いいいいいい！」

まなみのテンションがさらに上がる。

「そうね……すごく綺麗《きれい》……いいな」

愛沙《あいさ》がうらやましがるのはすごい……。

だが実際、髪を上げた有紀は思わずドキッとするくらいに美少女だった。

そういえばあの頃から目は大きいなと思っていたのを思い出していた。

◆

「急いでこうきくん！　めちゃくちゃでかいカブトムシがいたんだ！」

「待ってくれゆうき……追いつけない……」

「仕方ないなぁ。ほら、ボクに摑《つか》まって」

有紀が手を差し伸べてくれ、当時の背丈ほどの崖のような、今思えばただの段差のようなところを乗り越えていく。

「はぁ……」

有紀に追い付くのに必死でどこをどう通ってきたかなんてまるで何も覚えていない。

「ほら！　もうすぐだよ！」

そう言って手を引く有紀。

思い返せばこんなことが何度もあった気がする。

愛沙はもちろん、まなみは引っ込み思案なままだったし今のような運動能力はなかった。

基本的には愛沙とまなみと遊ぶことが多かった俺にとって、有紀は本当に男として遊べる貴重な相手だったんだ。

好きなものも、遊ぶ体力も、遊び方も、何もかもが愛沙ともまなみとも違っていて、有紀と過ごしたのは数ヶ月だったはずが毎日輝いていたように思える。

「こんなことあの二人じゃ無理だし、こうきくんとしかできないからね！」

「そうだな……！」

何故《なぜ》かその時、有紀の目に映る自分を見て、吸い込まれそうになった、なんて思ったのを覚えている。

無邪気に笑う有紀がこう続ける。

「これからもいっぱい遊ぼうね！」

「ああ！　任せとけ！」

ニッと笑った有紀とハイタッチする。そのまま手を上下左右にタッチし合って、テレビで見て二人だけで決めたハンドシェイクを完成させる。

「いえーい！」

「いえーい！」

期間は長くなかったけど、約束通りその後も俺たちは何度も色んな所に遊びに行った。

あの日の思い出は、今も鮮明に思い出せるものだった。

◇

「というわけで、第一回！　有紀くんの家庭教師をはじめまーす！」

パチパチとはしゃぐまなみと、若干ついていけずにまばらに拍手する愛沙と有紀。

カフェから有紀の部屋に移動したんだが、引っ越したばかりだからかシンプルな部屋だった。どちらかというと物が散らかってない愛沙の部屋に近いかもしれない。

まなみは結構ごちゃごちゃになってることがあるからな……。可愛らしいぬいぐるみの横にプロ野球選手のサインボールが置いてあったり……。

と、今はとりあえず話をしないとだな。

「そもそもなんだけど、お母さんはああ言ってたけど有紀はどうなんだ？」

親としては元気いっぱいな姿を見たい、と言っていたが、そもそも有紀自身にそのつもりがないなら、無理にそうする必要はないと思う。というより、それをきっと、あの両親も望まないだろうという確信があった。

「確かに……！　私は有紀くんと遊びたいけど……！」

視線が集まって固まるかと思ったが、家だと少し落ち着けるのかもしれない。

うさぎのぬいぐるみを抱いてちょこんと座った有紀が、ここまでの有紀とはちょっと違う反応を見せた。

「ボクは……変わりたいと思ってる」

真っ直《まっす》ぐ、俺たちの方を向いてそう言った。

髪に隠れたあの大きくて綺麗な目が、その真剣さを訴えかけている。

「ずっとこのままじゃ……嫌、だから……」

教室での有紀の様子では日常で困ってもおかしくないレベルだしな。

「あの頃みたいに……一緒に…………」

なんとかそこまで絞り出す有紀。

俺たちはあの頃を知っているからこそ、今の有紀が変わりたいという理由が理解できた。

どんどん弱くなっていく声を励ますように、愛沙が微笑《ほほえ》む。

有紀は一度深呼吸をして、改めて俺の目を見てこう言った。

「家庭教師を……お願いします……！」

あの頃と変わらない大きな瞳が、髪の毛に隠れながらも俺を捉えて離さなかった。

「なら、一緒に頑張りましょ」

ふわっと笑った愛沙は、まるで皆のお姉ちゃんのようだ。

「おー！　頑張ろー！」

まなみも元気にそう言う。

そして残った俺に有紀の視線が届く。

その表情は本当に真剣なもので、縋《すが》り付くような気配すら感じさせるものだった。

小動物感のある見た目も相まって、妙に守らなきゃいけない気持ちを起こさせる。

そんなに不安そうな顔をしなくても、答えはもう決まっていた。

「任せとけ」

「あ……」

あの頃のように手を掲げると有紀が恐る恐るながらハイタッチに応じる。

どちらからでもなく、あの頃会う度やっていたハンドシェイクにつなげた。

記憶がなくても、身体《からだ》が覚えている。

パンパンパンと何度かやり取りをしているうちに、有紀の表情が少しだけ明るくなったような気がする。

そして――

「いえーい……だよね？」

「ああ」

有紀がそう言って笑顔を見せる。

「なにそれ！　いいなぁ私もやりたい！」

まなみがバッと身体を寄せてきて、有紀が記憶を手繰り寄せながら教えている。

俺は身体が勝手に動いただけで一個一個教えられるほど覚えてたわけではないので有紀に任せたんだが……。

「今の、懐《なつ》かしいわね」

「愛沙も覚えてたのか」

「いつも二人でなんかやってるなーって、ずっと見てたから」

あの頃を懐かしむように目を細める愛沙。

有紀《ゆうき》を見る愛沙は、まなみに対するものとはまたちょっと違うお姉ちゃんの顔をするような気がする。そして有紀と一緒にいる俺に対しても、あの頃から愛沙はちょっとだけ大人びて見えていた気がした。

多分、愛沙はずっと俺たちを姉として見守ってくれてたのだろう。

元気で危なっかしい有紀、そんな有紀に付いて行く俺、そして、しがみついて離れないまなみを、三人まとめて見守っていたのが、愛沙だった。

「なによ」

「いや……愛沙もやるか?」

なんとなく聞いてみる。あの頃の愛沙は一歩離れて見守ってたけど……。

「そう、ね……やってみようかしら」

愛沙も一緒にやりたいときだって、あったかもしれない。

俺と有紀がどこかに行けばまなみの面倒を見ないといけなかった愛沙は、ずっと一歩離れて見ざるを得なかっただけで、興味がなかったわけじゃないんだろう。

俺たちは改めて、あの頃を取り戻しはじめたのかもしれなかった。

「でも康貴《こうき》、さっきちょっとたどたどしかったけど、覚えてるの？」

「それは……」

「ふふ」

そんなお姉ちゃんの顔を見せる愛沙にはいつまでも敵《かな》わない気がした。

◇

結局そのあとは思い出話で盛り上がるだけで、有紀がどう変わっていくかなんて話にはならなかった。

けど……。

「あはは……なつかしー。ボクそんなむちゃくちゃしてたの？」

有紀の表情がすっかり明るくなったことだけは一歩前進と言えた。

お母さんが「久しぶりに有紀がこんな顔して笑うのを見た」と感極まって抱きついたり、お父さんがオムライスを作ってくれたりして、なんだかんだ長いことといた気がする。

◇

「本当にありがとうね。もう毎日来て欲しいわ」

「おー、それはいいじゃないか。どうだい？　三人ともうちでバイトしてみないかい？」

「……バイト？」

帰る直前、玄関先でそんな話を振られる。

「良《い》いじゃない！　家庭教師代もバイト代として出せるし！」

すでにノリノリの両親に有紀がどうしていいかわからず周りに居る俺たちをパタパタと見比べている。

ほんとに小動物みたいだな……。

そんなことを考えていると、まなみが真っ先に食いついた。

「楽しそー！」

とはいえ……。

「でも俺たち経験も……」

「バイトに経験なんて必要ないさ。何なら僕だってほら、脱サラしてなりたてのカフェオーナーだからねぇ」

そうだったのか……。

引っ越してきてカフェを開くってなかなかないとは思っていたけど、そんな経緯で……。

「ま、ちょっと考えておいて。お母さんたちにもよろしくねー！」

そう言って送り出される。

最後にパンパンパン、とまなみと手を叩《たた》き合う有紀。

もう俺と愛沙《あいさ》ではついていけないダイナミックな動きになっていたが、楽しそうに笑い合う二人……というより有紀の表情を見て、安心したような懐かしいような気持ちになっていた。

有紀とのデート……？

「なんでだ……」

「あぅ……」

休日、四人で遊ぶ約束をしていたんだが愛沙とまなみが突然来られなくなった。

遠い親戚に不幸があったとかで、二人の精神的な心配はあまりいらないくらいの相手とはいえ、顔を出さないのもあまりよくないという状況だったらしい。

それは仕方ないからいいんだけど……。

「えっと……どうするか」

普通に延期すればいいと思っていたんだが、今日は有紀が引越し後に買い換えようとしていた色々なものの買い物が目的だったのもあって、こうして会うことになった。

愛沙とまなみは二人して荷物持ちを手伝ってやったほうがいいと言ってきたし、有紀の反対もなかった……というよりむしろ、中止を匂わせたら有紀がすごい勢いでメッセージを送ってきたのが原因でもある。

『有紀も二人じゃやりにくいだろうし……』

『だっ、大丈夫！　買い物はしたかったし、康貴くんが良ければ、お願いしたい、です』

うさぎが可愛《かわい》らしくお辞儀するスタンプを送りながらこんなことを言っていたから、まあなんとかなるかと思っていた。思っていた、のだが……。

「あう……」

髪で顔が隠れているのにさらにうつむいて小さくなってしまう有紀。

それでいて俺の服をつまんで絶対に離れようとしないところがなんかこう、昔のまなみのようだな……。

愛沙とまなみなしで乗り切れるか……不安な一日が始まりを告げた。

◇

「次はあっちか」

「……うん」

意外にも買い物は順調に進んだ。

前を歩く俺の服の裾を、有紀が控えめにつまむ。

かと思えば行きたい方向があるとそれとなく引っ張る方向や力加減で伝えてくるのだ。

さながら俺は馬だった。それはまあ良いんだけど、それにしても……。

「一日中歩きっぱなしだけど、疲れないか？」

「大丈夫だけど……あ……」

慣れてきたのかある程度喋《しゃべ》るようになってきた有紀が、こちらを見て口を開ける。

「ごめんね。康貴くん、疲れちゃう……」

「いや、俺は大丈──って引っ張るな引っ張るな」

手綱《服の裾》を引く有紀の力は、小動物な見た目に反してかなり力強かった。

下手したらまなみのような……。

「って、どこ行くんだ。これじゃデパート離れちゃうだろ」

「……こっち」

有無を言わせない有紀。仕方ない、大人しくついて行こう……。

そのままグイグイ引っ張って俺を連れてきたのは……。

「カラオケ？」

「……休憩」

なるほど。有紀なりに気を使ってくれたわけだ。実際結構な荷物を持っていたから疲れてないといえば嘘《うそ》になるし……。

「嫌……？」

服をちょこんとつまんだまま、有紀が首を傾《かし》げて問いかけてくる。

不安そうに瞳がうるうると動くのがこう……チワワのようだった。

「入ろうか」

「うんっ！」

しっぽがあったらブンブン振っていただろうなという満面の笑みを浮かべてカラオケ店に入っていく。

店員の相手は俺がしたほうが良いかと思っていたんだが、意外にも慣れた様子で有紀がテキパキ色々決めて部屋番号の書いた伝票を受け取った。

「よく来るのか？」

階段を上りながら有紀に聞く。

「ここは、はじめてだけど……」

カラオケ自体は来ている、と言外に語る有紀。意外といえば意外だったが、俺の知らない有紀の姿という意味では、部屋に入ってからが本番だった。

◇

「……めちゃくちゃうまい」

俺がそうつぶやくと髪で顔を隠してフルフル首を振る有紀《ゆうき》だが、画面にはほぼ百点の採点結果が表示されている。

最新の女性アーティストの曲だからそこら中で聞くことがあったけど、これ……。

「カバーとかで動画出してる人たちに負けないんじゃ……」

「そっ、そんなことはその……全然なくて……」

さらにフルフルと首を振る有紀。ほんとに子犬か何かのようだな……。

「有紀もやってみたりしないのか？　投稿とか」

「えっ⁉」

顔を隠す余裕もないほど驚く有紀。

「俺はあんま詳しくないからわからないけど……十分活躍できる気がするんだけど」

気軽に伝えた俺の話に、有紀は「うーん……」と唸《うな》りながら考え込み始める。

「えっと……」

俺がそんなに悩まなくてもと声をかけようとしたところだった。

「やれる……かなぁ？」

有紀がこちらを見つめてきて、そんなことを言う。

髪に隠れたその瞳が不安と期待で揺れ動いていた。

だから俺は……。

「一緒になら、できるんじゃないか？」

「一緒に？」

「ああ。もちろん俺が歌ったりは出来ないけど……出来ることは手伝うから」

「康貴《こうき》くんと、一緒に……」

有紀が再び下を向いて考え込む。

俺はしばらくその様子を見守った。

有紀の引っ込み思案を変えるなら、なにか得意なことをどんどんやって自信をつけるのはいいと思う。

そうしてしばらく考え込んでいた有紀だが……。

――ピコン
『お願いします』

やる気に燃えるうさぎのスタンプとともに、有紀からメッセージが送られてくる。

有紀は長い前髪で顔を隠しながら、それでも真っ直《ま》ぐ《す》こちらを見ていた。

まずは第一歩だな。

有紀が踏み出した一歩を俺はしっかり支えないといけない。

「任せとけ」

そう言って笑い合う。

カラオケをしながら二人、必要になりそうな情報をメッセージで送り合う。

「最近は携帯のアプリだけでやれるのも多いのか」

「動画は大変みたいだけど、その分伸びたときがすごい」

「確かに……」

マイクはもちろん、オーディオインターフェースというのが必要だったり、パソコンで編集をするためのソフトも有料のものがあったりするらしい。有紀は俺が心配になるくらい機材をポンポンメッセージの『買い物リスト』に加えていく。

「まあ、あとで改めて財布と相談すればいいか……」

機材を真剣な目つきで選んでいく有紀の様子を見てるだけで、言ってみたかいがあったなと思った。

◇

その日の夜。メッセージグループでこのことを報告したんだが……。

『おおー！　歌い手ってやつだ！　いいじゃん！　楽しそー！』

まなみからハイテンションなメッセージが飛んでくる。

『動画で投稿してプロになる人も多いらしいよー！』

『そうなのか。すごいな』

プロか……。有紀からすごい勢いでうさぎがバツマークを作ってるスタンプが飛んできているけど……。

『有紀、そんなに歌上手《うま》かったの？』

愛沙《あいさ》が期待を込めたクマのスタンプとともにそんなメッセージを送ってくる。

『動画サイトで聴く人より上手いと思った』

『おおー！　康貴にぃお墨付きだ！』

有紀のうさぎのスタンプがものすごい勢いで首を横に振っている。

『そうなのね。サインもらっておこうかしら』

愛沙が珍しく乗ってきて、有紀のスタンプが一段と激しくなっていく。

『あっ！　いいねえ！　サイン考えなきゃだ！』

『その前に動画用の名前とかも必要だよな』

『そうね。有紀、何か使いたい名前ある？』

『あっ！　私いいの思いついた！』

本人そっちのけで大盛りあがりのメッセージグループ。

もちろん有紀も楽しみにしてることは、うさぎのスタンプの動きから何となく読み取れるんだけど……。

「二人のスピードについていけてないか」

入力スピードというより、会話のテンポだろうな。

「この辺りも少しずつ、慣れていくといいな」

歌の投稿がどうなるかというより、これから有紀が少しずつでも自信を持っていってくれればいいなと思いながら、皆のやり取りを眺めていた。

応援団

「楽しいねー康貴にぃ！」

「まなみは何でも楽しそうでいいな」

応援団……という名の実行委員会。いわゆる雑用係としての仕事など普通は楽しいはずはない。今も何に使うのかわからないちり紙の花を無限に作らされているところだ。

これ多分文化祭のだろ……。なんでも一緒くただな……。

「お兄さんってまなみちゃんに勉強教えてるんですよね？」

作業に疲れた様子の後輩が伸びをしながら声をかけてくる。丸メガネをかけた大人しそうな子だ。

確か名前は……。

「あ、八洲《やしま》三枝《みえ》です」

「ああ、ありがと。一応教えてるけど、まなみはほとんど自力だからなぁ」

「そんなことないよ！　康貴にぃのおかげでここまできたんだから！」

そうは言うがそれっぽいことをした記憶がない。

言ったことといえば、無闇に色んなものに手を出さずに薄くていいから一冊の参考書を完璧にすることを目指せということくらい。

それだけでまなみはメキメキと力をつけていった。

基本的にやればできるタイプなのでやる気を維持する装置として家庭教師《俺》がいるくらいの状況だった。

「まなみすごい成績上がったもんねー。いいなあ。私も先輩に教わりたーい」

「えっと……」

「あ、三島陽菜《みしまひな》でーす！」

元気な子、というのが印象だった。茶髪がかった髪を外にはねさせているのもそのイメージに拍車をかける。

今机を囲んでいるのはまなみとその友達っぽい八洲さんと三島さん。下級生は他に二つくらいワイワイやってるところがあるけど、俺はこの学年、このクラスでは一人だからこうしてまなみに面倒を見てもらうようなことになっていた。

なんか言ってて悲しくなってきたな……。

「康貴にぃの教え方、わかりやすくていいよー！」

「いいないいなー！　あ、先輩ちょうどわからない問題があったんですけどー」

そういって三島さんは教科書とノートを広げ始める。

まぁもともと作業半分雑談半分の終わりの見えない仕事なので咎《とが》める人間もいない。

そのくらいはいいか。

「どれだ？」

「これなんですけどー」

「えっと……」

対面にいた三島さんが隣に詰めてくる。長椅子の端っこにいた俺は完全に押されるように密着する。

「先輩？　数学、いけますか？」

「まぁ……」

どちらかと言えば得意だ。

ただこうも無防備だと……いや、相手はただの後輩。純粋に勉強を聞きに来てるだけのはず。身体《からだ》がちょこちょこ当たることをこちらから指摘するのも申し訳ない。

「じゃあここからだな。まずこの手の問題は……」

三島さんが顔を寄せてくる。

いちいち近い！　まなみより無防備かこの子！

ちょっとギャルみたいな見た目でこんなん、同級生勘違いしまくるだろ⁉

いや……今は教えるのに集中しよう……。それで気を紛らわせよう……。

◇

「ほー……」

「どうした？」

「ほんとにわかりやすかった……」

「でしょっ⁉」

なぜか得意げなまなみが横から顔を出してくる。

「じゃ、康貴にぃは返してもらいまーす」

「えー。もうちょっと貸してよー」

「だめっ！　ほらほらー。康貴にぃこの問題！」

「はいはい……」

なんだかんだでそれなりに楽しく、応援団の仕事をこなしていた。

高西《たかにし》家緊急作戦会議【まなみ視点】

「お姉ちゃん！　正妻の余裕を見せてる場合じゃないかもしれないよっ！」

「へっ⁉　正妻……正妻……⁉」

有紀《ゆうき》くんのおかげで楽しい二学期を過ごしてしばらくたって、ようやく気づいた問題。

康貴《こうき》にぃがかっこいいことにみんなが気づきはじめちゃった！

多分だけど、お姉ちゃんと付き合って余裕というか、自信みたいなのがついちゃったせいで今までと雰囲気が違う。そのせいで康貴にぃ、間違いなくモテ始めてる……！

今日の陽菜ちゃんだけじゃない。いや、陽菜ちゃんで気づいたところもあったけど……応援団のときに見てる子の見る目が変わった気がする。

これはすぐにでもお姉ちゃんに気合を入れてもらわないといけないんだけど……。

「正妻っ⁉」

「戻ってきてお姉ちゃん！」

顔に両手を当てて照れるお姉ちゃんはそれはそれで可愛《かわい》いんだけど……。

そんなことしてる場合じゃない！

「お姉ちゃんは夏休みほんとーによく頑張りました！」

「そうよね？　よかった……ほんとに……」

あっだめだ！　またトリップさせちゃった！　もう……きっとお姉ちゃんの頭の中は今花火大会のときまで飛んでいってるんだろう……。仕方ない……。

「無事康貴にぃと付き合えたのは良《い》いけど、お姉ちゃんこのままじゃ、他の人に康貴にぃ取られちゃうよっ⁉」

「えっ⁉」

トリップしてたお姉ちゃんが一気に戻ってきた。戻ってきたんだけどちょっと顔が怖いよお姉ちゃん！　調整が難しいなぁ……もう……。

「えっとね、学校での康貴にぃ、どう？」

「康貴っ⁉　えっと……」

だめだ。今度は一瞬でまたトリップしてしまった。顔を真っ赤にして目をそらして……。

「かっこ、いい……」

そんなことを言う。私まで恥ずかしくなっちゃうよ！　そんなお姉ちゃんも私がドキドキしちゃうくらい可愛いんだけど今はそれどころじゃない！

「かっこいいよね！　そう！　でね、お姉ちゃん。ここからが大切です」

ほぼトリップしてるけど話は聞いてるようなので強行しちゃおう。

「康貴にぃ、二学期になって一気にモテ始めてるよ」

「えっ⁉　やっぱり……」

気付いていたには気付いていたみたいだ。

「お姉ちゃんだってそうならないように学校では言わないようにしたんでしょっ！」

「それは……そうなんだけど……」

ただお姉ちゃんはそれでも、そこまで焦《あせ》る様子もなくきょとんとしている。

これが……正妻の余裕……。

いや多分……康貴にぃと付き合ってる幸せとか、康貴にぃは浮気《うわき》なんてする人じゃないみたいな安心感のせいで、すでにお姉ちゃんから危機感が失われつつあるんだろう……。

少なくともあの夏休み明けの頃の警戒心は今のお姉ちゃんから感じられない。

だけどっ！

「康貴にぃ、無防備なのっ！　今日も私のクラスの子におっぱい当てられてたのに平然としてたんだから！」

「おっぱい⁉」

「大切……」

お姉ちゃんの目がぐるぐるしだしたけど一気に伝えないと。

「それに有紀くん！　あんなに美少女になってるのは予想外だよ！」

「それはそうよね……」

お、それは気にしてたみたい。

あれが恋愛感情な気はしないけど、それでも唯一普通に話せる異性が康貴にぃってことは、いずれそうなったって、いや、もうすでにそうだっておかしくはない。

「とにかくっ！　康貴にぃはモテる！　かっこいい！」

「かっこいい……そうよね、えへへ」

ダメかもしれない……。

いや負けちゃダメだ……頑張れ私……！

「お姉ちゃん、頑張らないと康貴にぃ、いろんな女の子に告白されて、いつのまにかお姉ちゃん以外と──」

「それはいやっ！」

びっくりした！

急に正気になった。

「でも……その、付き合ったのは良いけど、そこからどうするかとか……そもそも付き合ってるだけで幸せだったりとか……その……」

「なるほど」

お姉ちゃんが何もしなかった理由はこれかぁ。

なら……。

「せっかく付き合って、しかもうちはほとんど家族公認なんだし、旅行でも行ってきたらどうかな？」

「旅行？」

「そうそう！　二人っきりで」

「二人っきり……!?　それは……いいの、かな？」

そんな目で見られたらうちのお父さんもお母さんも断らないと思う……。

というかそれ以前に康貴にぃとならどっちの家も止めることはないだろう。

「でも待って。連休もないしそもそもそんなお金もないわよ」

「ふふ。それはほら、有紀くんのお父さんが言ってたじゃない」

「カフェ……？　できるかしら」

「できるできる！」

むしろお姉ちゃんなら制服着て立ってるだけで十分貢献できちゃうはずだ。

有紀くんだって絶対ウェイトレス姿が似合うし、なんかもうそれだけで……。

「とにかくっ！　お金の問題はこれでなんとかなるかもしれないし、どうかな？」

「わかったわ……！」

よし……。

ひとまずこれで二人の仲も進展するだろう。

それにカフェに行く機会が増えれば、有紀くんとまた四人で集まる機会が増えるはずだ。

私は皆といられるのが楽しいし、ずっとこうしていたいから……。

そのためにもっ！

お姉ちゃんには頑張ってもらわなきゃだからね！

ほんとに……付き合ってからも世話の焼けるお姉ちゃんとお兄ちゃんだった。

突然のお誘い

「ねえねえ康貴にぃ。温泉旅行とか、どうかな？」

「突然すぎる」

まなみの部屋でいつもどおり家庭教師をしているとまなみがそんなことを言い出す。

びっくりするほど脈絡がなかった。

「ほらほらー。紅茶も来たし休憩ってことでさ、ねっ⁉」

ゴロゴロ転がりながらこちらにぶつかりそうになるほどの勢いでやってきて、まなみが言う。

「どうって……旅行、だよな？　急すぎて何を言えばいいのかわからないんだけど……」

「温泉、好き？」

「まあ、嫌いじゃない」

「じゃあけってーい！　お姉ちゃーん！」

「おいっ⁉」

ぴょんっと飛び起きたかと思えばそのまま部屋を飛び出していくまなみ。

「はあ……まあいいか」

なんだかこれも、見慣れた光景になっている気がした。

仕方なく俺もまなみの後について、愛沙《あいさ》の部屋を目指した。

◇【愛沙視点】

「と、いうわけで！　康貴にぃとお姉ちゃんは温泉旅行に行くことになりました━！」

「えっ⁉　そうなの⁉」

「愛沙も初耳なのか……」

「いや、初耳ってわけじゃないけど……その……」

康貴に見つめられて思わず目線をずらしてしまう。

うぅ━……。だめだ。

旅行を意識したら目も合わせられなくなっちゃう！

そもそもまだ、メッセージだけで幸せになっちゃうのに……。いつもは結構心の準備をしてから会ってるのに、今日はまなみが強引に連れてきたせいでまだ準備ができてないんだ。

いつもならご飯の時間までまだ三十分もあるんだから……。

「ねえねえお姉ちゃんっ！　ここからなら静岡のあたりは温泉旅館もあっていいと思うんだよね」

気づけばまなみがテーブルにパンフレットをいくつも広げている。

いつの間に……。

「ほらっ！　オーシャンビュー！　露天風呂《ろてんぶろ》からの眺めは最高！　貸し切り風呂もあるよ！」

「貸し切りはだめだろ」

「貸し切りっ⁉」

康貴《こうき》と二人で……。

そりゃ私だって、付き合ったらこうなったらいいなと思うことはたくさんあった。

手をつないでデートしたり、くっついて話したり、撫《な》でてもらったり、ぎゅってしたり
……あ、だめ。顔が熱くなってきた。

そんな状態なのに……。

「貸し切りなんて……」

流石《さすが》にちょっと、私の限界を超えてると思う。

でも一応、パンフレットに目を通す。

貸し切り風呂の写真はどう考えても、前みたいにお互い見ないようになんてできる広さじゃなかった。

そこに康貴と入るのを想像して……。

「～～っ⁉」

「あはは一。まあそれはともかくほら！　部屋も海が見渡せて海鮮料理も美味《おい》しそうだよ！」

「それはまあ……」

というか！

康貴はなんであんなに平然としてるの！

付き合ってその……今までと違って色々考えたりしないのかな……？

その……付き合ってたら色々と出来るようになるんだし……。

私だけ……なのかな？　いや、私だけじゃちょっと不公平だ。

康貴だって何かその……感じてくれてなきゃ嫌だ。なんかそんなことを考えてたら、平然としている康貴にちょっとムカムカしてきた気がする。

「康貴！　貸し切り風呂があるところにするわよ」

「いやいやっ⁉　って、顔真っ赤だぞ愛沙」

「うるさいっ！　とにかく行くわ！　貸し切り温泉！」

これで少しは意識しろっ！　と念を込めながら言い切る。

「貸し切りはともかくまぁ……温泉はいいかもな」

落ち着いた様子で、でもちょっと顔をそむけてそう言う康貴を見て、ちょっとだけ満足したような気がする。

そう思って気持ちが落ち着いてくると今度は恥ずかしくなってきて私もまた目が合わせられなくて……。

「……そうね」

絞り出すようにそれだけ言った。

「はい！　じゃあけってーい！」

妙な空気になりかけたところでまなみが私たちの間に飛び込んできてくれる。

本当に頼りになる妹だった。

「じゃあそのために二人は、お金を貯《た》めないといけません！」

「ああ、そうか」

「というわけで、バイト、頑張ろうね！」

「あぁ……そういうことか」

まなみがこう言ってる以上、バイトをして、旅行に行くところまで、決定事項だってことだけは、康貴もわかっている様子で笑っていた。

◇

「旅行、楽しみね」

「そうだな」

家庭教師が終わり、ご飯も食べて、こうして愛沙の部屋に来ることが多くなっていた。

「その前にバイトね。出来るかしら」

「愛沙は大丈夫だろ」

制服を着て立ってるだけで看板娘になるんじゃないだろうか……。

「むしろ俺のほうが心配だけど」

「康貴は大丈夫だと思うけど？」

「なんでだ……？」

「料理も出来るし、お客さんの前に立ってもちゃんと出来そうじゃない」

「料理……あれ出来るって言っていいのか……？」

「康貴のオムライス、私もまなみも好きよ」

「作れるものが限定的過ぎる……それにお客さんの前に立ったことはないからなぁ」

考えると不安になってきたな……。

「大丈夫。割と何でもそつなくこなすじゃない。康貴は」

「それを言うなら愛沙こそそうなんだけどな……」

疎遠だった期間の学校生活を見て、こうして話すようになってからの日常生活を見て、改めて思う。

愛沙は本当にすごい、と。そんなことを考えていると、愛沙がそっと近づいてきて、首を俺のほうに預けてこんなことを言う。

「康貴の制服、楽しみね」

ドキッとする。でも、驚いて拒否したり、そんなもったいないことはしなかった。

「……俺も同じこと思ってた」

「……そう」

愛沙のカフェの制服姿……想像しただけで可愛《かわい》いに違いなかった。

肩に頭は乗っけてきたけど、他の場所は手ですら付かず離れずといった距離感……。

結局二人とも顔が真っ赤になって、それでもまなみが呼びに来るまでずっと、どちらも離れることなく一緒にいた。

「わーー！　皆可愛いじゃないー」

バイト初日。うちも高西家《たかにしけ》も、両親が二つ返事でGOサインを出して、あっという間にバイトを始めることが決まった。

まだお店自体がオープンしていないから今日は簡単な説明ということらしいんだが、制服姿で並ぶ愛沙、まなみ、有紀《ゆうき》を見て有紀のお母さん、明美《あけみ》さんが言う。仕事の都合上お母さんと呼ぶわけにもいかないので明美さんと呼ぶことになった。

ちなみにお父さんのほうは本人の強い希望でマスターと呼ぶことになっている。

オールバックにして髪型はマスターとしてそれっぽいんだが、元の顔が怖いせいで印象が良くなったかというと何ともいえないという話もある。良くも悪くもオールバックはかなり似合っているんだけど……。

まあ変化で言えばこちらに目がいくんだけど……。

「有紀くん似合うー！」

「そう、かな……？」

あの日ほどではないものの、家でこのメンバーならいつもよりハキハキと喋《しゃべ》る有紀が答えた。

学校でのおどおどしてなかなか喋れない有紀、あの日集まって少し打ち解けた有紀、そしてカラオケのときの真剣な有紀と、場面場面で少しずつ違う表情を見せてくれていた。

「康貴……くん……」

そんな有紀がこちらを見て自信なさげにうつむく。

「制服は着たけど、バイトは抵抗がある、だっけ？」

グループメッセージで、とにかくバイトが不安であることは痛いほど伝わってきていた。

「うん……私じゃ、お客さんに絶対迷惑かけちゃう……から」

どんどん縮こまっていく有紀。

明美さんが飛んでいくかと思ったが、ニコニコしながらこちらを見ていた。

なるほど……。

家庭教師の話は、結局三人がかりになることも多いながら、俺が主導権を握るという話になっている。これも仕事の一環というわけだ。

「俺もカフェでバイトなんてしたことなくて緊張してるから、まずは一緒に練習してみよう」

「練習……？」

怯《おび》える小動物のような表情でこちらを見つめる有紀。

妙に悪いことをしているような気持ちになるな……。それでいてちょんと俺の着るエプロンは摑《つか》んで離さないから、逃げ出そうとしているわけではないことはわかる。

これは有紀なりに戦っている証拠だ。

「そう。練習。今日はお客さんが実際に来るわけじゃないし、俺相手にならいくら失敗したって良《い》いんだから、出来るまで練習すればいい」

「出来るまで……でも……」

「俺もさ、心配なんだ。自分がちゃんと出来るかどうか。だから有紀が、一緒に出来るまで付き合ってくれるなら、ありがたいよ」

「あっ……」

きっと迷惑がかかるとか、余計なことを考えていたのだろう。

それはこっちも同じなんだ。お互い、いやここにいる全員が初めてのことで、そこに優劣なんてない。

自信がないせいで最初から諦めてしまいそうになる有紀だが、そんなことを考えるのはやってみてからだって遅くないんだ。

「頑張り……ます」

キュッと俺のエプロンの裾を握りしめながら、有紀がそう宣言してくれた。

「可愛いぃぃいいいい。大丈夫よ！　私が絶対お客さんの前に立てるようにしてあげるからね！」

明美さんが飛び込んできて有紀をわちゃわちゃと撫《な》で回し始める。

自分で決心するまで我慢してたんだろうな。

「えへへー。私もしっかり練習しよー！」

まなみが明美さんの方に交ざるように向かっていく。

残された俺は愛沙《あいさ》と目が合って……。

「これで康貴《こうき》がダメじゃ、格好つかないわね」

「うっ……」

愛沙にそうからかわれた。

「頑張らないといけないわね」

そう言って笑う愛沙に思わず見惚《みと》れてしまう。

可愛らしいフリルのエプロンが付いたカフェの制服姿。

ジロジロ見ていると少し顔を赤くして、髪をいじりながら不安そうに、恥ずかしそうにこちらを見てこう言う。

「なによ……」

「いや……可愛いなって」

「〜〜っ！　不意打ち禁止っー！」

真っ赤になってそっぽを向く。

その方向にはまなみたちがいて……。

「お姉ちゃん可愛いーー！　いいなぁ、何着ても似合って」

「うん……いいなぁ」

まなみも有紀も、本当によく似合っていた。

それぞれサイズもピッタリ。長いわけではないスカートだが、まなみが暴れてもめくれないようなものだった。

「ほらほらー。どう？　康貴にぃ」

「似合ってる」

「えへへー。有紀くんも、ほらー」

「わっ……」

為《な》す術《すべ》もなく有紀が強制的にこちらを向かされる。

今日は目を隠す髪もピンで軽く上げられていて、全体的にいつもと印象が違っている。

髪が上がってる有紀は間違いなく目を引く美少女だった。

「どうどう？」

まなみに応えたのは俺ではなく愛沙の方で……。

「可愛いわよね……有紀」

「あぅ……」

愛沙はこう、ハムスターとかうさぎとかを見るときの、キラキラした目をしてそう言った。

気持ちはわかる。

「で、なんで康貴にぃは私服なの？」

「男物は後回しにしちゃってねー。ほら、お父さんも私服だから」

明美さんが笑って指差す方向にいるマスターは、ワイシャツにジーンズ、そこにエプロンという格好だった。

俺も似たようなもので、とりあえずエプロンだけ着けている状態。

まあ今日はお客さんが来る日じゃなく、オリエンテーション的なものらしいからいいだろう。

「じゃ、今日は一通りお店のこと説明するけど、私も初めてだからまあ、結構アドリブでお願いしちゃうかも？」

「なるほど……」

「だからね、適当に教えるけどそれ以上にほら、うちの子がしっかり人前で喋れるようになるか、よろしくお願いね、先生」

明美さんがウインクしながら俺に言う。

続けて横にいた有紀もペコリと頭を下げてこう言う。

「よろしく、お願いします……！」

出来る限りのことはしないといけないな。

◇

「い、いらっしゃいませっ！」

「声は大きくなったんだけど目をつむってるとなぁ……」

「うぅ……」

「大丈夫、良くなってきてるから！」

明美さんから一通りのことを教わってからは、お互いを客に見立てた接客練習になった。

一度決意した有紀の頑張りは目を見張るものがあったんだが……どうしても苦手なものは苦手なようだな。

「有紀くん！　こっち一緒にやってみない？」

まなみが息抜きにと提案したそれは……。

「それはまなみだから出来るんじゃないの……？」

両手に積み重ねたお皿、腕にも無数に積み重ねた食器、挙げ句頭の上にまでグラスが載っかってて……。

「それはもうウェイトレスというより曲芸かなんかだな……」

「でもこれ、名物になりそうよねぇ」

「えへへー。だって！　有紀くんもやってみよー？」

明美さんの言葉にまなみがさらにノリノリになる。

まあまなみは調子に乗ってそれを落とすような運動神経ではないからいいんだけど……。

「やりたい……！」

何故《なぜ》かやる気になった有紀がそちらにフラフラと向かっていく。

「よーしっ！」

しばらくまなみに任せるか……。

ずっと有紀《ゆうき》の客役で張っていた気持ちをリセットして一息つく。

「お疲れ様」

「ああ、ありがと……」

「マスターが気を利《き》かせてくれたみたいね」

そう言いながら愛沙が持ってきてくれたのはミルクセーキだった。

甘い香りで頭がリラックスしていく。

マスターにお礼を言うと、ニカッと笑って親指を立てていた。顔は怖いけどいい笑顔だ。

「有紀、頑張ってるわね」

「ああ」

「私は……その……どう、だった？」

愛沙が目を逸《そ》らしながらこう付け加えた。

「有紀ばっかりじゃなくて、私もその……見て欲しい、から……」

可愛《かわい》すぎる。

「可愛かった」

「……うぅ」

期待した答えだと思ったし俺も本心から言ったんだけど、愛沙は顔を真っ赤にしてうつむいてしまう。

「ずるい……」

それはこっちの台詞《せりふ》だと思いながら、まなみと遊ぶ有紀を見ていた。

◇

練習も一区切りついて、有紀の部屋で家庭教師の続き、という名目で集まることになった。

「おおー……！」

部屋に入った途端、まなみが声を上げる。

俺もちょっとびっくりはした。

「こんなものまで買ったっけ？」

「あのあと……注文した」

「なるほど」

少し味気なかった有紀の部屋が、完全に音楽用のものと分かるようになっている。

パソコンの周りには一緒に買った機材の他、机につけるマイクスタンドと、マイクの前にはストッキングみたいなものがくっついていて、一緒に買ったものの多分二倍にはなっていた。

やる気十分だ。

それに……。

「もう歌、録《と》ってるんだったよな」

「うん……！」

まずは投稿しやすい携帯アプリから始めるかと思っていたが、機材を揃《そろ》えた有紀からするとしっかり音源を作るほうが楽だったらしい。

「わー！　聞いてみたい！」

「でも……ミックスで迷ってるところがあって……」

「ミックス……？」

「録った歌を、編集しないといけないんだけど……」

そう言いながら有紀が一冊の分厚い本を差し出す。

歌の録り方、機材の説明から、具体的にどうやって編集していくのかが説明されている本だった。

「これ見てるだけじゃわからないのか」

「えっと……ここ」

慣れた手付きで有紀がパソコンを操作すると、画面に波形が現れて音が流れ出した。

そして……。

「えっ……上手……」

「すごい！　これ有紀くんなの⁈」

二人が驚くのも無理はない。

俺は聞いてたからわかっていたのに、それでもびっくりしたからな。

カラオケのときより、調整されたその歌は間違いなく聞きやすくて、うまかった。

「いまの、どうだった？」

「すごかった！」

「ええ。本当にすごいわね」

二人が褒めるが、有紀はいつものように照れることなくなにか考え込んでいる。

「何か気になるのか？」

そう聞くと有紀はもう一度パソコンを操作して、こう言った。

「ボクはここ、こうしたほうがいいと思ってて……」

再び同じ前奏が流れ出して……。

「うまい！」

「綺麗《きれい》」

二人の反応はほとんど変わらなかったけど……。

「ちょっとさっきより聞きやすさが変わった気が……」

そう俺がつぶやいた途端。

「どっちが良かった⁉」

バッと有紀が俺の目の前に飛んできて手を握ってくる。

びっくりした……。やっぱり有紀、運動神経はあの頃のままだな……。

今はそれより……。

「えっと……難しいな。最初のほうが爽やかだけど、はっきり聞こえるのはあとのでかな」

……」

「まなみ、違いわかった？」

「んー……言われてみればわかったような……」

まなみの顔は全然わかってなさそうだった。

「この曲は最初の部分ははっきりしてたほうがいいから、こっちにする」

有紀がすぐにパソコンに向かって色々やり始める。

本を見ながら作業風景を追いかけていると、もうすっかり使いこなしていることがよくわかった。

「康貴《こうき》、何で違いがわかったの？」

「何でと言われても……なんとなく、としか言えないな……」

「康貴にぃは耳が良《い》いんだねぇ」

「そういう問題……なんだろうか」

「できた！　どうかな……」

有紀が夢中になってるのを見て、俺たちもそっちに集中する。

「おお……フルで聞くとやっぱりさっきのとこはこれがいいな」

「うんっ！　ありがとう！」

パァッと表情を明るくした有紀。

さっきまでお店に出ていた名残もあって、大きな目がキラキラと輝いているのがよく見えていた。

「可愛い……」

思わず愛沙《あいさ》がそうつぶやくほどだ。

「あう……」

褒められて縮こまる有紀に抱きつきながらまなみが言う。

「じゃあもう完成っ⁉　投稿するの⁈」

まなみが食いつく。

「まだ……アカウント作ってなくて……」

「つくろつくろー！　名前は決めてるのっ？」

「まだ……雪《ゆき》、とかで良いかなって」

なるほど、有紀をモジッた感じか。

「いいじゃんいいじゃん！」

話しながらも動画サイトの登録画面に進んでいくモニタを眺める。

「あまり短いと、他の人と同じになっちゃったりしない？」

「あー、雪はかぶりそうだな」

「スノーにしちゃう？」

「それでもかぶるよな」

「名字つけちゃおっか！　高西《たかにし》雪とか！」

「なんでうちの子みたいにするのよ……」

愛沙が呆《あき》れるがまなみに抱きつかれてされるがままの有紀を見ると、しっくりくる気もしないでもなかった。

「ゆきうさぎとか？　有紀、うさぎ好きみたいだし」

愛沙がそう言う。

確かにスタンプが毎回うさぎだな。

「いいかも……そうするっ」

有紀も気に入ったようでさっそく名前を入力していく。

それにしても……。

「すごいな。有紀」

「えっ？」

ビクッとなってこっちを見る有紀。

なんか申し訳ないことをしたような気持ちになるけど……。

「いや、もう自分でこんなにやってるのみて、ほんとに好きなんだなぁって」

「それは……」

「一緒に出来てよかった。やっぱり有紀は、歌手になれそうだな」

「あう……」

俺から逃げて顔を隠すように画面の方に集中し始める有紀。

「……康貴くんが、言ってくれたからだよ」

絞り出すようにそう告げた有紀《ゆうき》を見て、そういえば昔から、有紀は歌がうまかったことを思い出す。

そのときもたしかこんなことを言っていた気がするけど、そのまま成長してくる辺りが流石《さすが》有紀だなと思った。

◆【有紀視点】

「ほらほら！　こっち！」

「はぁはぁ……ゆうきは速いなぁ……」

康貴くんと二人で、公園の中の山のようになってた遊具か何かに上ってたときだったと思う。

あの頃のボクはよく康貴くんを置き去りにして走り出して、しばらく先で康貴くんを待ったりしてた。

その待ってる間、ちょうど朝やっていたアニメの歌を何気なく口ずさんでいたら……。

「すげー！　今の歌、朝の！」

「すごい……？」

「うんっ！　ゆうきって歌、うまいんだな！」

ばんばんと背中を叩《たた》きながら、満面の笑みを浮かべてそう言う康貴くん。

「うまい……のかぁ」

「うまいって！　将来あれだな！　ゆうきは歌手だな！」

「歌手っ？　ボクがぁ？」

「それでさ、大晦日《おおみそか》に紅白に出てさー」

そんな、他愛《たわい》のない、幼い頃のほんの冗談みたいなやり取りが、ボクの中にはずっと残っていた。

「歌手、かぁ……」

康貴くんたちと離れたのはあのあとすぐだった。

というより、そもそも一緒にいた期間が、あまりにも短かった。

「ふぅ……」

あのあとの引っ越しだらけの学校生活は、ボクにとってはちょっと、大変になってしまった。

男子より運動が出来て、男子とばかり遊んで、そんなボクが周りの成長に取り残されて一人になるのに、そう時間はかからなかった。

一緒に遊んでくれる相手はいなくなって、その頃にはもう、女の子らしくしようなんて思っても、なかなか出来なくて……。

結局、ボクにとって、三人との思い出だけが、幸せなものになっていた。

三人はきっと、ボクのことなんて忘れてると思ったけど……。

「覚えててくれた……んだもんね」

うさぎのぬいぐるみをギュッと抱きしめながら考える。

「ボクのことをまた、幼馴染《おさななじみ》って、受け入れてくれた」

それだけで本当に嬉《うれ》しくて……。

「一緒にやってくれるんだし……頑張らなきゃ……」

歌は好き。

あれからずっと、ボクの心の拠《よ》り所《どころ》だったから。

でもそれ以上に……。

「皆と一緒に……頑張りたい」

康貴くんは歌手になれるって言ってくれた。

今は覚えてないかもしれないけど、それでもプロだって交ざってる投稿者より良かったって、お世辞でも言ってくれた。

お世辞かどうかはもう、関係ない。

ボクが結果を出せば、康貴くんの言葉は本当になる。

まなみちゃんはまた一緒にいたいと言ってくれた。

愛沙ちゃんも、前と同じように、見守ってくれてる。

「頑張りたい」

ずっと色々なものから逃げ続けてきたからこそ、今回だけは、結果を出しにいってみたいと、そう思えていた。

クラスメイトたち

　文化祭、体育祭をまとめて行う学園祭に先駆けて、うちの学校では球技大会が行われる。それでなくても一週間続く学園祭の前にわざわざ……しかも体育祭もあるのにと思うんだが……。まぁ、この時期は行事前の熱で授業も集中力が欠ける生徒が多くなるから、学校側は諦めてイベントを凝縮したとかいう話もあるしな。

　実際体育祭のあとはほとんどすぐに修学旅行だし……。

　一応球技大会が体育祭と同じような雰囲気にならないように、体育祭が学年を超えた縦割りで競い合うのに対し、こちらは学年別、クラス対抗になっている。

　体育祭の前哨戦《ぜんしょうせん》としてどのクラスも気合を入れてくるイベントだった。

「うちはサッカー部のエースがいるからな！　サッカーは負けられねえぞ！」

「でもポイントが高いのは男女混合ドッジだろ？　あそこに主力送らないでいいのか？」

「女子はバレーだからそもそもそれなりに動けないと試合にならないよー。うちのクラスバレー部少ないし」

　学活の授業時間は大いに盛り上がっていた。

「はいはーい。色々言ってもまとまらないし、まずは希望がある人から埋めていくよー。宮野《みやの》くんはサッカーね」

「今希望って言ったのに聞く前に入れられるのか……まあサッカーでいいんだけど」

東野《とうの》と隼人《はやと》が中心になったことでバラバラだったクラスメイトの意識が初めて一箇所に集中した。

「流石だな、あのあたりは」

暁人《あきと》が耳打ちしてくる。

「手慣れてるよな。で、暁人はどれにいくんだ？」

「ん？　俺は出来ればどれも参加せずに女子のバレーでも見学してたい」

「隼人ー。暁人がサッカーやりたいってさー」

「おいこら⁉」

こいつは運動神経は悪くないんだ。ドッジになればサボるがサッカーなら隼人もいるしサボりにくくなって多少真面目にやるだろう。

「おっ、じゃあ康貴《こうき》と暁人はサッカーな」

「いや俺は……」

流れ弾で俺もサッカーに組み込まれてしまった。

いやどっちかに出ないといけないんだけど。

「俺だけ売ろうとした罰だ。諦めろ」

逃れようがなかった。まあいいか。一人になるより話す相手がいる方が良《い》いよな。

「にしても……」

「ん？」

「お前、変わったな」

「え？」

晩人が不意にそんなことを言う。

「どこが……」

「いや、今までのお前がこの状況で声を上げるなんて、考えられたか？」

そう言われて初めて気づく。今のはそうだ。結構目立つ行いだった。

「ま、悪くない変化だろ。理由は聞けてねえけどな」

ニヤニヤ笑いながらそんなことを言う晩人に言い返す余裕がなくなる。

晩人が言うように悪い変化じゃないんだとしたら……。

「愛沙《あいさ》のおかげだな」

誰にも聞かれないように呟《つぶや》いて愛沙の方を見た。

愛沙もこちらを見ていたのか、目が合って驚いて、表情を強張《こわば》らせたあと……。

「が　ん　ば　っ　て」

口パクでそう伝えてくる。

「あ　り　が　と」

そう返すとすぐ、顔を真っ赤にして前を向く愛沙。

俺もつられて頬が赤くなるのを感じながら、なんとか誤魔化す方法を考えていた。

◇

「いたたまれない」

「仕方ないじゃない。保護者なんだから」

「保護者って……」

昼食。俺は何故《なぜ》か中庭で秋津《あきつ》たちに取り囲まれていた。

背中に隠れるように、俺の服の裾をつまむ有紀と一緒に。

「学校では私たちといることが多いけどさぁ、どうしても有紀、康貴くんがいるときのほうが喋《しゃべ》るから」

「なるほど……」

確かに妙に俺と一緒にいるときだけは喋る。その辺りをよく観察しているところが流石《さすが》秋津という感じなんだが……。これは当時一緒にいた時間が一番長かったからだろうな。愛沙とまなみより、俺といたほうが多かったし。

「ほらほらぁ、早く食べないと時間なくなっちゃうぞ。しっかり食べろー男子」

東野が美味《おい》しそうにタコさんウインナーを頬張りながらそんなことを言う。

そんな様子をぼーっとみていた加納《かのう》が俺の弁当の蓋にミートボールを載せた。

「これ……あげる」

「いや……」

東野のしっかり食べろ、に反応したのか、嫌いなものをおしつけたのかはいまいち判断ができないが……。

「おっ、じゃあ私もこれあげるー」

断ろうとしたら秋津が悪ノリして一口グラタンを渡してくる。

そしてその様子を見ていた東野は……。

「えっ……私は……」

めちゃくちゃ嫌そうな顔をしながら、タコさんウインナーの片割れを俺の弁当の蓋に載せようとして……。

「こら。自分の分は自分で食べる」

愛沙に止められていた。ほっとした表情でもう一匹のウインナーを食べ始めた東野が、改めてこんなことを言う。

「にしても、藤野《ふじの》くんのお弁当まで作ってくるようになったんだねぇ、愛沙」

「なっ⁉」

愛沙が顔を真っ赤にする。それだけでもう色々バレたんだが……。

ここ最近、愛沙の希望もあって、うちの親もニヤニヤしながら送り出すようになっていたのだ。いや、不満は全くない……むしろ美味しくてありがたいんだけど……。

「いやいやー。幼馴染ってここまでするもんなんだぁ？　どうなの？　有紀《ゆうき》ちゃん！」

「あぅ……」

矛先が変わったのでありがたくそちらに身を委ねよう。

今日の目的は有紀との交流会、ということで、俺はここに呼ばれたのだ。

ちなみに誘ったが暁人は早々に逃げた。裏切り者め……。

隼人と真《まこと》は部活の昼練だから仕方ないけど……。

「有紀はこのメンバーでも慣れないのか」

「そんなことないよ？　割と話してくれるようになったと思うけどね」

秋津のコミュ力を前にすればまあ……というか方向性は違うにしても喋らないという意味ではここはずっと加納がいるわけだし、ある程度慣れてもいるんだろう。

秋津がそのまま言葉をつなげる。

「でもやっぱり康貴くんがいたほうがリラックス出来ると思うし、あと今日康貴くんを呼んだ理由はねえ、有紀の歌の話！」

「ああ、もう聞いてたのか」

「もっちろん！　楽しそうじゃん！　私今度楽器でコラボすることにしたよ！」

「それはすごいな……」

そうか。秋津って吹奏楽部部長だもんな。そういうのも出来るのか。

有紀のほうを見ると嬉《うれ》しそうにはにかんでいた。

「で、康貴くんのおかげでミックスが進んだって話でさ。康貴くん、音楽出来るんだ？どう？　吹奏楽部は男子部員も大募集だけど！」

「勘弁してくれ……」

この時期から、しかも強豪の部活に入る余裕はない。

下手したら運動部よりハードワークしてるからな、吹奏楽部は……。

「残念。ま、それはそうとして、これから動画伸ばしていくにはどうすればいいかって話してさー」

すでに投稿を始めて反応も見られるようになってきたし、ここからどうやって伸ばしていくかは有紀の自信にも関わる重要な問題だろう。

有紀を見るとこくんとうなずく。

俺と愛沙の間、というか後ろに隠れるようにしているせいで……。

「こうしてみると、二人の子どもみたい」

「なっ……!?」

「あぅ……」

加納がいつもの覇気のない声でそんなことを言ったせいで、愛沙と有紀が同時におかずを弁当箱に落としていた。

良かった。俺は何も食べていないときで。

「ということは結婚したあとかぁ。なるほどなるほど」

教室ではみんなのブレーキになってくれる東野も、こういう時は逆に悪ノリに加担するからな……。

「もうっ！　……康貴、なんか言って！」

「いやいや……」

顔を真っ赤にして愛沙が俺を軽く叩《たた》いてくる。

その様子を周りはニヤニヤして見つめるだけだった。

いたたまれない……。

「ふふ。まあこの辺にしてあげるけど、で、有紀ちゃんの歌の話だからねっ！」

東野がぎりぎり軌道修正してくれた。

「仕方ないなー。まあいっか。なんかいいアイデアある？　というか、投稿したの、見てる？」

「ああ、一応」

あのあと登録を済ませて、割とすぐに歌は投稿した。

有紀のイメージを思うと反応に潰されるのではと思って心配したんだが、意外にも有紀は低評価のコメントを含めて反応があること自体を喜んでいた。

いや実際、初投稿で数件ながらコメントが付くのはすごいらしい。

期待の新人、なんて言われて喜んでいたのを知っているし、その後も俺は気になってちょこちょこ動画を聴きにいっていた。

「結構伸びてるんだよねぇ。いきなりこんな再生回数とか、すごいよ！」

「そうなのか」

基準がわからなかったけど秋津は色々詳しいみたいで教えてくれた。

「で、ここまで伸びてると私としても色々お手伝いしがいもあるなってさ。どう？　なんかアイデアある？」

「えーっと……」

俺が調べてきた、歌の投稿に関する成功事例を頭の中でまとめてから答えていく。

「まずは……一作目でこれだけいい反応がもらえてるし、中身は抜群にいいから、秋津の言ってたコラボの話はかなりいいと思う」

「ふむふむ」

実際、活動するもの同士のコラボはお互いのファンに認知してもらえる重要な交流だと、調べた記事には書いてあった。

「あとは……そもそも最初は知ってもらうことが大事だから、いろんなアプリで活動してみたり、配信をしてみたり……ＳＮＳ、だな」

「そう！　私もそう思ったの！」

秋津がＳＮＳという単語に反応する。

「理想は有名な、フォロワーの多い人が見つけてくれて拡散したりしてくれると良《い》いらしいんだけどな」

「うんうん」

秋津が前のめりだ。

それになんかこう得意げで……東野《とうの》が横から補足してくれた。

「莉香子《りかこ》のアカウント、フォロワー三万人いるから……」

「まじか……」

まさに理想が目の前にいた……というか、その秋津とコラボって……。

「一作目でこれだけ伸びたならお互いメリットがあるからね」

すごい世界の話だな。

当人のはずの有紀は俺の服の裾をつまんだままプルプルしているんだが……いざ歌えば抜群に上手《うま》いからな……。

にしても秋津のこの人数って……。

「何してんだこれ……」

「あははー。やってたら自然と……？」

それでこんないくものなんだろうか……。

「莉香子はファッションとか化粧とかで女の子のフォロワーが多いんだって」

「あー……」

「参考になる」

なるほど。

東野と加納がそれぞれそう言うくらいだからまぁ、同性からのフォローが多いということなんだろうな。

秋津《あきつ》自身はその部分をあまり掘り下げる気はないようで、そのままグイッと俺に近づいてきて携帯の画面を見せてくる。

このＳＮＳに登録しろということだろう。

「康貴《こうき》くんも入会～」

「わかったよ」

とりあえず勝手がわかったほうがいいのは確かだしな。

言われるがままに登録作業をすすめるが……。

「本名でやるもんじゃないからねー」

「それはそうか……何がいいかな」

「ちなみに愛沙《あいさ》はクマクマって名前みたい」

「なるほど」

ほんとに好きだな。クマ。

愛沙のほうを見るといつもの「なによ……」という顔をしている。いちいち可愛《かわい》い。

俺はどうするかな……。

「ふじふじとかでいいんじゃないの？」

「まあ後で変えられるしいいか」

どうせ有紀の応援のためだけだしな。

秋津に任せて一通り知り合いをフォローするのを手伝ってもらって、改めて画面を見ると……。

「このｒｉｋａってのが、秋津だよな？」

秋津莉香子、からだろう。

「そうだよー」

ピースしながら答える秋津。

秋津の背後に三万人のフォロワーがいると思うと、なんか妙にありがたいものを見るような気持ちになるな……。

「あとは有紀が歌の情報を載せて、私が拡散するだけでも話題になると思うから……」

すごいな……。

でもせっかくなら、もっとタイミングを考えて生かしたいところだ。

「どうせなら拡散されたタイミングで新作が出せたら良いんじゃないかと思うけど」

「たしかにっ！」

「と、いうわけだけど有紀《ゆうき》」

有紀のほうを見ると……。

「二作目、もう、準備してある」

流石《さすが》。

「よーし。じゃあ私がしっかりバズらせちゃうから！」

秋津がそう言って笑う。

「私も聞いたけど、すごいよね。有紀ちゃん」

「うまい……」

東野と加納《かのう》にも褒められて、また隠れる有紀。

まあ確かに、あの歌にはそれだけの魅力があるのは間違いないな。

「いよいよオープンです！」

明美《あけみ》さんが満面の笑みでミーティングを開始する。

そんなに広くない店内だが、今日は全員参加でやってみる、とのことだった。

「さすがにこの人数のままずっとだと赤字になっちゃうから、毎回は無理だけど」

とは言っていたが……。

「それにしてもみんな、可愛いわねぇ……この写真ホームページに載せとくだけで人が来そうね」

明美さんの言葉にまなみは笑い、愛沙は顔をそむけ、有紀は髪で顔を隠し始める。

明美さんの言う通り、三人とも相当よく似合っているし、可愛らしい格好だった。

サイズチェックという名目で見たことはあったが、これから働くんだと思うとまた違って見えるな。

「緊張するわね……」

「そう？　私は楽しみー！」

「出来るかな……」

三者三様に反応を見せる。俺が落ち着いてその様子を見ていられる理由は……。

「康貴くんはこっちでサポート、任せるからね！」

「はい」

俺は基本的に接客ではなく調理場にこもっていていいということで、少し気が楽なわけだ。

もちろん人に料理を出すというのは緊張するんだけど、人前に立って店員としてやっていくよりは幾分マシだった。料理自体はマスターにお墨付きをもらうまで練習しているし、手順通りにやるだけだから大丈夫なはずだ。

というより心配なのは……。

「部屋で歌ってるくらい綺麗《きれい》に声出せば大丈夫よ！」

明美さんに励まされてる有紀だった。

接客が出来るか心配ではあるが、一応さっきまで挨拶の練習をしてるときは、若干力ないながらもよく通る綺麗な声で「いらっしゃいませ」と言っていた。

「有紀……」

「大丈夫……！　あんなにいっぱい、付き合ってもらったから……」

前回の話だろう。

今日は発声だけ。緊張して声が震えたり力がなくなるのは仕方ないだろう。

だが、前回あれだけ練習したのだから、苦手なタイプとかが来ない限りは大丈夫だと思う。

それに……。

「何かあったら私が飛んでいくから心配しないでいいわよ！」

明美さんがそう言いながら、ほんとに飛んでいって有紀を撫《な》で回す。

きっとその気持ちは、俺も愛沙も、まなみも、もちろんマスターも一緒だろう。目を見合わせてうなずき合った。

「お母さん……髪が……」

「大丈夫、整えたの誰だと思ってるの。ほら、さっきよりいい感じでしょ」

「これ……」

わちゃわちゃ撫で回すだけかと思えば、有紀が顔を隠すための髪を、ほんの少しだけ分けてピンで留めたのだ。

「あぅ……」

「こんなに可愛い子にひどいことする人が来ても、そんなのお客さんじゃないから追い返すわよ！」

そう言って明るく笑い飛ばす明美さん。

「明美さんの言った通り、なにかあったらすぐ行くから。それに、ピンで留めてるのも似合ってると思うぞ」

それでもまだ目を隠しているんだが、いつもよりは少しだけ、顔が見えるような気がした。

有紀は一度うつむいて、深呼吸をする。

「すー……はー……」

顔を上げた有紀の表情は、どこかスッキリしたものになっていた。

「じゃあ、そろそろ開けるわね。大丈夫！　私が一番緊張してるわよ！」

そんな様子は一切見せずにおおらかに笑いながら明美さんが扉を開ける。

オープン記念でセールをするというチラシを持ったお客さんがすでに何組か待ってくれていて、早速仕事が始まった。

◇

「いらっしゃいませ。何名様でしょうか」

「あらー、可愛い店員さんね。三人だけど入れるかしら？」

「少々お待ちくださーい。明美さん、三名様ご案内して大丈夫ですかー？」

まなみはイメージ通り、お客さんにも可愛がられて良い働きをしている。

「ご注文の品は以上でお揃《そろ》いでしょうか」

「はい……」

「ありがとうございます。伝票失礼します。ごゆっくりお楽しみください」

「……なあ、今の子めちゃくちゃ可愛かったよな」

「ああ……なんか緊張しちゃったよ」

愛沙はこんな感じで、仕事モードは隙がない完璧美少女として、ちょっとそっけなくも見えるがたまに見せる笑顔がお客さんの心を掴《つか》んでいた。

そして……。

「い、いらっしゃいませ！」

有紀もなんとか頑張って接客をこなしていた。

オープンということもあって満席に近いが、ここまでスタッフの人数が多ければトラブルになることもない。

　むしろ誰が対応するかを譲り合うような形で、基本的には気難しそうなお客さんには明美さんが出ていって、比較的何も言わなそうな人には有紀が行っているので、今の所うまく回っていると言えた。

「康貴《こうき》ー、オーダー、オムライス。八卓様」

「マスター、ブレンド三つですー」

　反面キッチン側は慌ただしい。フロアに人数を割いてよく回っている分こちらが忙しくなるのは仕方ないか……。

「頑張ろう」

　途中からこちらに人数を回したほうが良いと判断した明美さんもキッチンに加わり、なんだかんだと昼の営業時間を終えることが出来た。

◇

「あー、楽しかったー!」

　まなみが満面の笑みでご機嫌にクルクル回っている。

　スカートが舞い上がるからやめてくれ……。

「まなみ、すごいわね。私は結構疲れたわ……」

「あはは。そりゃ最初は疲れるよねぇ。私も緊張したもの」

愛沙《あいさ》と明美さんの反応が普通だろう。

そして有紀は……。

「出来た……！」

ぐっと、嬉《うれ》しそうに小さくガッツポーズしている。

その様子にこっちまで嬉しくなって……。

「出来たじゃなーい！　流石うちの子ー！」

「わっ……」

明美さんが有紀に抱きつく。

ほんとに仲がいいな。

「やったな！」

「……！　うんっ！」

有紀とハイタッチをする。やっとぎこちなさも少なくなってきたハンドシェイクの簡略バージョン。再会してからまた考えた、新しい形だった。

「私もー！」

まなみも交ざってそっちはもう目で追うのも諦めたくなるスピードでパンパンと手をたたき合っていた。

「さてっ。じゃあ夜もやるんだけど、それまでは休憩ってことで！　着替えも面倒ならそのままでいいからまた部屋に行っとく？　それともここでコーヒーくらい出そっか？」

明美さんの声に三人と目を見合わせる。

と、後片付けを終えた俺にマスターが声をかけてくる。

「康貴くん、皆にコーヒー淹れるの、やってみるかい？」

「良《い》いんですか？」

「ああ、いずれはこっちも任せたいからな」

「やってみます」

俺がコーヒーが苦手という理由もあって、調理場担当になっていたんだが、せっかく雰囲気の良いカフェだし興味はあったんだ。

「お湯は沸いてるし、道具は出てるから、フィルターから自分で折ってみようか。こっちこっち」

マスターに手招きされてカウンターに入っていく。

「おー、康貴にぃ、お手並み拝見ですな」

有紀《ゆうき》に抱きつくようにしてやってきたまなみにからかわれながら、マスターの手付きを真似《まね》てフィルターを折っていく。

「ふふ。楽しみね。そっちで立ってると本当にそれっぽいわね」

愛沙もカウンター越しにそんなことを言ってくる。

有紀も興味津々《きょうみしんしん》な様子でこちらを眺めていて……やりづらい。

「よーし。大体このスプーン一杯でいいようにしてるから、そうそう。あとは均一になるようにちょっと叩《たた》いて、お湯を注ぐ」

マスターの視線と三人の……いや明美《あけみ》さんも含めて四人の興味津津な視線が突き刺さるのを感じながら、お湯を入れる。

「フィルターにかけないようにだけ気をつけて。最初はそのくらい。下からポタポタ落ちてきたら蒸らしにちょうどいいって量だから一度止めて——」

リアルタイムで指示を受けながら作業していく。ただお湯を入れているだけかと思えば、フィルターにかからないように気を配るだけでなく、都度量を見ながら止めたり入れたりを繰り返さないといけないので意外と神経を使った。

「よーし。あとはカップに注いで出すだけだ」

「ふぅ……」

見られてたこともあって緊張したな……。

やりきって、あとは飲んでもらうだけだと思っていたら……。

「康貴くんはコーヒーが苦手だったみたいだけど、自分で淹《い》れたのはちょっとくらい飲んでみたいんじゃないかい？」

スッとマスターからカップが差し出される。

鼻孔をくすぐる匂いは普段と違って、どこか心を落ち着けてくれていた。

「飲んでみます」

口をつける。

コーヒーのイメージは、ただただ苦いもので、その苦さが口に残ってしまう嫌なものだったけど……。

「スッキリしてる……？」

「そうそう。美味《おい》しいコーヒーは苦みが残らないからね」

「あ、美味しい」

「うんうん。美味しいよ康貴にぃ！」

「美味しい……」

それぞれ皆褒めてくれる。

失敗さえしなければ誰がやっても良い作業だったとは思うんだけど、褒められて、なおかつ実際飲んでみて美味しいものが出来上がるのは嬉しいな……。

「じゃあ康貴くんに料理もコーヒーも任せられるから、お父さんお休みでも大丈夫そうねえ、もうお店継ぐ？」

「おいおい一日でクビなのかっ⁉」

「あはは。まあでも、みんながしばらくアルバイトしてくれるんなら安心だねぇ」

明美さんがそう言いながら笑っていた。

◇

昼休憩を終えて、夜の営業に向けて準備しているところだった。

「良いじゃ～ん。俺らお客さんだしさ、ちょっとくらい開けてくれても」

「えっと……まだ……」

「あれ？　よく見ると可愛《かわい》いじゃん。じゃあお店開くまで俺らと遊んでてよ」

「掃除……」

外の掃き掃除を任された有紀が、店先で二人組の男に絡《から》まれているのを見つけた。

窓際《まどぎわ》にいたのが俺だけだったから俺以外は気づいていないし、掃除くらいは任せられるということでちょうどマスターと明美さんは家の中に入ってしまっているところだった。

「愛沙、マスターに一応報告しといて。外に迷惑なお客さんが来たから対応するって」

「えっ……？　わ、わかったわ」

伝えながら入り口の方に向かい、すぐに有紀の前に立つように出ていった。

「三十分後の開店なのでもうしばらくこちらでお待ち下さい。有紀、行こう」

「おいおいちょっと冷たいんじゃないの～？　お客様にー？　三十分くらいそっちの子が俺たちの相手してくれてもバチ当たらないでしょー？」

諦めない客……。店のイメージを下げるわけにいかないからどうしたものかと思っていたんだけど……。

「困りますなぁ、うち、そういう店ちゃうんですわ」

店の入り口ではない、入野《いりの》家の玄関から、強面《こわもて》のサングラスのおじさんが出てきた。

しかも独特のイントネーションのせいで、かなりそれっぽい状態で。

「えっ……えっと……」

「いやぁ、俺たち別に……」

一転して逃げ腰の二人組がダラダラと汗を流し始める。

「大人しく待っといてくれますかねぇ？　お客さん」

「はいぃぃ！」

「すいませんでしたぁぁ！」

マスターが相手をしてくれているうちに有紀を中に入れられた。

いや……あの客二人組より俺もマスターのほうが怖かった……。本気でここに来るまで何してたのか気になったが、余計聞きにくくなったな……。

「……ありがと」

「ああ、大丈夫だったか？」

「うん」

有紀の小動物感が三割増しに見える気がするほど縮こまっていた。いつも以上に俺から離れようとしない。

すぐに愛沙とまなみが駆けつけてきてくれた。

「康貴！　有紀！　大丈夫だった⁉」

愛沙の隣でまなみも心配そうにこちらを見つめる。

「ああ、マスターがすぐ来てくれたし俺はなにもないよ。ありがとう」

「私も……ごめんね」

「良かった……」

「良かったぁ」

二人がホッとしたところで、マスターが店の入り口から戻ってくる。

良かった。サングラスを外してるからさっきほど怖くない。

「悪かったねぇ康貴《こうき》くん。二人とも、大丈夫かい？」

「はい」

「うん……」

「そうかそうか。いやぁ実はヒヤヒヤしていてねぇ」

どう見ても手慣れた様子だったけど、と思っていたら、想定外の言葉が飛び出してくる。

「有紀が我慢できずに手を出したりしたら、相手が大変なことになっちゃうから」

「え……？」

驚いていると明美さんも店の入り口から入ってくる。

結構慌てていた様子だったが……。

「いやぁ、康貴くんごめんねぇ。あとそう、この子、いろんな武術の有段者なのよねぇ。自分からは手は出さないけど、コンクリートの上じゃ自衛しただけでも怪我《けが》させせちゃうかもしれないのよ」

明美さんまでそう言うということは、マスターがヒヤヒヤしていたのも間違いじゃなかったんだろう。

良かった、止めに入って……。

その言葉のおかげか雰囲気が変わりかけたところに、トドメを刺すようにまなみがはしゃぎはじめる。

「わー！　すごーい！　私もなんかやってみたいんだよね！　合気道とか！　テコンドーとか！」

「今度、一緒にやろっか」

「わーい！」

狙ってかどうかはわからないが、すっかり嫌な空気はなくなる。

そんな会話をしている横で、ふと外で使っていた箒《ほうき》が目に入った。

「え……」

新品の木製箒が、ポッキリ真っ二つになっているのを見つけてしまった。

本当に良かった……大きなトラブルにならなくて……。

◇【有紀視点】

『今日はありがとう』

うさぎがお辞儀をするスタンプと一緒に、康貴くんに個別にメッセージを送る。

夜の営業も特に問題なく終わって、きっとそろそろ康貴くんも家に着いているはずだ。

――ピコン
「きたっ！」

いつもは愛沙《あいさ》ちゃんとまなみちゃんもいるグループでのやり取りだけだったから、こうして二人でやり取りすることに少し、ドキドキしている自分がいた。

今日の康貴くんは……かっこよかったから……。

『怪我がなくてよかった』

助けてくれた康貴くんはスマートに間に入ってくれて、ボクの身体《からだ》がすっぽり隠れちゃうくらい大きくて……頼もしいなって思った。

やっぱり康貴くんは男の子で、ボクはどうしても、女なんだ……。

「それに……」

かっこいいとも、思ってしまった。

きっと康貴くんはモテてるだろう。

そもそもあんなに可愛い二人と一緒にいて、なにもないとは思えない。

ボクは……。

ちょっとだけごちゃごちゃした頭の中を振り払うように首を振って、メッセージに集中する。

『相手が、ね?』

こんな冗談が言えたことに自分でもびっくりした。

康貴くんからは苦笑いしているスタンプが飛んできていて、なんかそのやり取りだけで、嬉《うれ》しくなっている自分がいる。

「はぁ……」

今日、自覚してしまった。

やっぱりボクたちはどうしても、男と女な部分があることを。

そしてそのせいで、ボクがどうしても、康貴くんにドキドキしちゃう時があるって。

「愛沙ちゃんとまなみちゃんも、だろうなぁ……」

ただの幼馴染《おさななじみ》で済ませるには、あまりにも仲がいい三人を思う。

ボクもずっと一緒にいられたら……。そんな意味のない考えが頭に浮かんで……。

「どっちにしても、ボクは変わらなきゃ……」

決意を固める。

自信が持てる自分にならなきゃ、こんな考えに意味なんてない。

まなみちゃんみたいに明るくて可愛くもない。

愛沙ちゃんみたいに余裕もないし、あんな美人じゃない。

なにもない私じゃ、だめだ。

「変わって……それから……」

それから……？

私がどうしたいかを自分に問いかけて、その想像だけでもう、顔が熱くなってしまう。

バタバタとベッドで暴れて頭に上った熱をなんとか下げようとする。

「今日は、たくさんお話できてる」

心配してくれたのか、メッセージを返し続けてくれる康貴くんに甘えるように、一晩中このやり取りを楽しんでいた。

まなみの家庭教師

「なんか康貴にぃと二人なの、久しぶりな気がする！」

「そうか？　……いや確かにそうか」

ここ最近は確かに、有紀《ゆうき》の家に集まったり、応援団で集まったりと、まなみと一緒にいることは多くてもまなみと二人というのはそうなかった気がする。

「よろしくおねがいします！　先生！」

「はいよ。行事前にテストもあるもんな……」

「うん……だからちょっと、頑張らないと！」

とはいえまなみは勉強面の心配は本当にあまり要らなくなっているのだ。

元々一人じゃ何をしていいかわかっていなかっただけで、勉強がいやでやっていなかったというわけではない。

学校から出される課題もしっかりこなすし、この時間に授業でわからなかった問題はしっかり解消しているし、テストで赤点の心配をするような状況ではもうない。

「次の目標はどのくらいにするんだ？」

「もちろん！　張り出されるくらい！」

張り出される……ということは、成績上位三十位、ということになる。

一学年に二百人前後いることを思えば、最上位と言っていいところだ。

だがまなみならそれもやりきってしまいそうなパワーがある。

「じゃあしっかり頑張らないとな」

俺も改めて、気合いを入れ直した。

やる気十分なまなみは、いつも以上の集中力を発揮してこちらが疲れるほど前のめりに勉強に取り組んだ。

◇

「つーかーれーたー」

「よく頑張ったな」

いつもより集中して頑張っていたまなみが大の字になって寝転がる。

無防備だな……近くにあったタオルケットを渡しておいた。せめて足はなんとかして欲しい……。なぜか陸上用のショートパンツだからな……。いろんなユニフォームを持ってるのは流石《さすが》なんだが……。

「あー……！　あっ、そうだ！」

バッと立ち上がって何かを探し始めるまなみ。

ごそごそと本棚の下のごちゃごちゃしたスペースを漁《あさ》るのはいいんだが……おしりだけ突き出しながらやらないで欲しい……。

「あったー！　これこれ！」

「これ……？」

「うん。お守り！　旅行、楽しんできてね」

ニッと笑うまなみに思わずドキッとさせられる。

「いつの間に……」

「この前ラクロス部のお手伝いに行ったとき近くにあった神社で買ってきたんだー！　交通安全！」

「ありがとな」

「えへへー」

撫《な》でてやると嬉しそうに目を細める。

「最近は有紀くんとずっと一緒だし、ここで二人の仲を進展させなきゃだよ！」

「わかったよ」

「よろしぃー！　あ、お姉ちゃんは夜髪乾かすのに時間がかかるから、その間康貴《こうき》にぃは一人になっちゃうから時間つぶしになんか持っていくといいかも……あと……」

パタパタとせわしなく動いて色々と俺にアドバイスをしていくまなみ。

いつまで経《た》っても、まなみの世話にはなってしまいそうだな……。

「ありがとな」

「ん？　えへへー」

本当によく出来た妹で、こうしていつまでも一緒にいられたらと、そんなことを考えてしまうような、優しい時間だった。

約束のデートと二人の答え

「お姉ちゃんと康貴にぃ、せっかくだから旅行会社に行って行き先決めてきたらどう？」

というまなみのその一言で、俺と愛沙は駅前の旅行代理店にやってきていた。

確かに何度かアルバイトをしてお金の目処《めど》も立ってきたし、丁度いいと思って二人で店の前までやってきたのは良かった……んだけど……。

「えっと……入らないのか？」

「……こ、康貴から入って」

乗ってきたバスの中では「あれが良《い》いこれが良い」と元気だった愛沙だが、目的地に近づくにつれて口数が少なくなってきていたのだ。

「大丈夫か……？　なんか体調が悪いとかなら別の日で――」

「それはだめっ！」

「おお……」

「だめ……だけど、その……とにかくっ！　康貴から入って！」

愛沙は顔が強張《こわば》っていて、ちょっと赤くなっていて、それでいて俺の腕をつまむように持って離れようとしない。いやまあ気持ちはわかるというか……俺も感じてるんだけど、要するにこれは緊張してるんだろう。

中のお客さんを見ると、女性同士のグループが一つあるくらいで、あとは全部カップル……いや夫婦に見えるからな。なんというかこう……緊張感はある。

とはいえここまで来たんだし入るしかない。

「いくぞ」

「……っ！」

コクリと小さくうなずいた愛沙《あいさ》を見て、意を決して扉を開ける。

「ようこそお越しくださいました」

「……」

扉を開けるとすぐにスタッフの女の人がやってきて案内してくれる。

愛沙は緊張してるのかギュッと俺の手を摑《つか》むだけなのでとりあえず俺が先導して椅子に座った。案内してくれた女性はそんな俺たちを見て微笑《ほほえ》んでいる。

「ご旅行の行き先や日程、ご予算など、決まっているところはございますか？」

お茶をもらって名前とかを記入して、ちょっと落ち着いたところで本題に入った。

「えっと……伊豆《いず》とかの温泉旅館に行きたくて、予算は今まさに貯《た》めていってるのでどのくらい必要かを聞こうかと思って」

愛沙は相変わらず喋《しゃべ》れそうにないので俺から説明をする。

なんとなくの予算感はパンフレットを見てきたんだけど、色々キャンペーンとかがあって最終的にどうなるのかがいまいちわからなかったんだ。

ちなみにまなみが持ってきたパンフレットは全国各地バラバラすぎて現実味のある距離の旅行先が伊豆しかなかった。

「なるほど。泊数は一泊でよろしかったですか?」

改めて聞かれると本当に良いのかという気持ちになるな……。なんか愛沙が喋れなくなった理由が改めてわかった気がする。

「……はい」

「そうしますと、学生向けのキャンペーンプランで、一泊お一人様一万円から……当日かかってくる細かい費用を計算しても一人一万五千円くらいあればご案内出来る場所がございますね。ここことか……こことか……」

「おお……」

パンフレットやチラシを広げて旅館を見せてもらう。

思ってたより安くて色々あるみたいだ。

「夕食、朝食付きで海側の和室のお部屋ですね。こちらは露天風呂《ろてんぶろ》からの景色もよくておすすめですよ」

ここに来てようやく愛沙が身を乗り出してくれはじめた。

良かった。ずっと固まられてたらどうしようかと思ってたから。

「あとはこちらの旅館は特典で貸し切り露天風呂がサービスになっております」

ピクッと愛沙が動いたのがわかる。そういえば貸し切りに妙にこだわってたな……。

「あとは伊豆方面は動物園が多いのでそこに合わせるのもありですね。ここはバスで動物園まで行けますので。一日目は宿で温泉とお食事を楽しまれて、次の日は朝食を取ったら動物園に行ってお帰りになるとかでしたらお車がなくても十分楽しめますよ」

「そういえば旅館以外でなにかすることを考えてなかったな……」

「でしたらレジャーから選ぶのもありかもしれませんね。宿からバスや徒歩でレジャー施設に行けるところだとこの辺りが……」

さすがプロというか、どんどん色々と出してくれる。

「康貴、これ……まなみが好きそう」

「こっちもそうだな……って」

不思議と二人とも、目が行くのはそんなところばかりだった。

今まなみのことを考えても……。

――いや

愛沙と目を合わせる。

愛沙も俺も、声に出すまでもなく考えが一致していた。

「三人でも大丈夫ですか？　人数」

「え？　あ、はい！　もちろんです」

改めて愛沙と顔を見合わせる。

「ありがと」

愛沙は笑ってそう言っていた。

初めての給料の使い道は、俺も愛沙も最初から決まっていたみたいだった。

◇

「愛沙」

「どうしたの？」

値段も問題なさそうで日程も確認をした上で旅行の申し込みを済ませた。

なんだかんだデートということで、ご飯に行ったり買い物をしたりはして、二人で帰り道を歩く。

三人で行くという選択は間違ってなかったと思う。でも、俺は愛沙の彼氏だから……。

「二人でも旅行、行こうな」

「……！　うんっ！」

ぎゅっと腕に抱きついてきた愛沙の表情は、さっきまでのお姉ちゃんの笑みとはまた違う輝きを見せてくれていた。

◇

「えー⁉　二人のための旅行なのにっ！」

「でもほら、ここ爬虫類《はちゅうるい》ばっかり展示してる動物園って。まなみこういうの好きでしょ？」

「それは……違うの！　今はそういう話じゃなくてっ！」

いつ伝えるかは愛沙と何回か話し合ったんだが、結局家庭教師の帰り、いつものようにご飯をご馳走《ちそう》になるタイミングにした。

予定を押さえるためにも愛沙たちの母親には事前に伝えてあったので、驚くまなみをニコニコと見つめるだけだ。

「はぁ……せっかくのチャンスを私に使っちゃうなんてー」

まなみが机に突っ伏してそういう。

「こらまなみ。お行儀が悪いわよ」

「でもお母さんー。お姉ちゃんと康貴にぃが!」

「ふふ……二人ともまなみが大好きなのね」

「それは……もー!」

まなみはうなりながら夕飯に出されていた大皿から肉じゃがをしこたまかっさらってパクパク頬張ってから、ようやく切り替えたのか顔を上げた。

「せめて私に相談してから決めるべきだったと思う!」

じゃがいもを口に運びながらまなみが言う。

「そしたら絶対何かしら理由をつけて断っただろ」

「う……それは……」

「まあまなみがどんなに断っても、私たちは最初の給料を使うのはまなみにって決めてたんだけど……」

「だったらなんか、シャーペンの芯とか適当にくれれば喜んだのに〜」

シャーペン……しかも芯かよ。

いやまあ確かにまなみならそれでも小躍りして喜んでくれた姿は想像できるんだけど……。

「良いじゃない。私は三人がまた仲良く遊んでるのを見られて嬉《うれ》しいわ～」

「お母さんー。二人はもう恋人なんだよ！　私がいたらお邪魔になっちゃうよー」

「あらあら。私からしたらまだまなみにもチャンスがあるように見えるけど」

高西《たかにし》母による爆弾に愛沙が身構える。

具体的には隣でしらたきを食べようとしていた俺の腕を突然抱き寄せて可愛《かわい》い威嚇を始めていた。俺のしらたきは皿に落ちていく。

「こ、康貴《こうき》は渡さないけど……まなみも一緒がいいの！」

「お姉ちゃんはわがままだなぁ」

「うるさいっ！」

愛沙なりの懸命の威嚇のようだった。

「康貴にぃ、お姉ちゃんにはまた別でデートしてあげるんだよ！」

「それはもちろん」

お金を貯めて、愛沙との旅行は俺が全部出せるくらいにしたいとも考えている。

「むー……まあそれなら……でも良いのかなぁ」

「良《い》いわよ。私が言ってるんだから」

威嚇モードを解いて人参《にんじん》をつかんだ愛沙がそう言う。

「私と康貴にぃが混浴しても？」

愛沙の人参がお皿に落ちた。

「あはは！　まあそれは冗談だけど、貸し切りのお風呂は私とお姉ちゃんの二人かなあ」

「そうね……そもそも流石《さすが》に二人では入る気はなかったわよ」

そうなのか。

それはなんというか……いや良かっただろう。二人で行って変な空気になるよりはよっぽど。

……残念ではないといえば嘘《うそ》になるけど。

「へえー。そっかそっか。じゃあ三人ならいいのかな？」

「さんに——もっとダメに決まってるじゃない！」

「もっとだめなんだ？」

「当たり前でしょ！　もう……康貴っ！」

「いまの流れで俺が怒られるのかっ⁉」

まなみにからかわれて顔を赤くする愛沙。

とんだとばっちりだがまあ、そうやってる愛沙《あいさ》も可愛いと思えるようになったから良いんだけど。

「なんか納得いかないわ」

愛沙はそんなこと言ってるけど。

そんなことをしてるとまなみが改めてこう言った。

「はぁ……しょうがないお姉ちゃんとお兄ちゃんだなぁ」

まなみが俺をお兄ちゃんと呼ぶのはいつぶりだろうか。

それが何を意味しているのか、何も意味はないのかはいまいちわからなかったけど……。

「もう……しょうがないなぁ……」

改めてそうつぶやくまなみの笑顔はとても柔らかくて、この選択は間違ってなかったと俺と愛沙が思うのに十分な表情を見せてくれていた。

球技大会

なんだかんだと日にちが経《た》って、学園祭の前夜祭である球技大会の日になった。

愛沙と二人で待機になっていた俺たちのところに、まなみが駆け込んできた。

「あっ！　康貴にぃーー！」

「まなみ」

「おー。そうか、自由時間か？」

「うん！」

一応授業時間ではあるんだが、学活とかの時間は文化祭準備とかで実質自由になってるのがこの時期のうちの特徴だった。

行事期間は結構緩い。普段それなりに勉強するから学校側も締め付けはしないようにしてるとか言ってたけど、まあそんなもんなのだろう。

「あ、せんぱーい！」

「陽菜《ひな》ちゃん、待ってー」

三島《みしま》さんと八洲《やしま》さんがまなみを追いかけるように走ってくる。

「そうか。クラス一緒なんだもんな」

「康貴、知り合いなの？」

「ああ、応援団でな……」

走ってきた三島さんと八洲さんが愛沙に挨拶をしてお互い簡単に自己紹介をし合っていた。

「一年は明日だっけか」

「そうだよー。一年生は個人競技ばっかりだけどねー」

「そういえばそうだったな」

テニス、卓球、バドミントンなんかをひたすら回して勝利数の多いクラスが優勝だった気がする。そしてこのルールなら……。

「まなみの独壇場だな」

「えへへー、MVP取ったらデートしてね、康《こう》にぃ」

「なっ⁉」

俺より先に愛沙が反応した。

「お姉ちゃんもそうしたらいいんじゃない？」

「うぅー……」

悪戯《いたずら》っぽく笑うまなみに愛沙が唸《うな》る。

「まなみと違って私じゃ取れないでしょ、MVPは」

そういう愛沙の言葉に何か閃《ひらめ》いたような顔をした三島さんがぐいっとこちらに近づいてきてこう言った。

「じゃあ先輩っ！　私は明日一勝したらデートってことで、どうです？」

「えっ……康貴？」

俺が反応するより早く愛沙が驚いたので逆に俺が何も言えなくなった。もちろん三島さんのは冗談か何かだと思うんだけど……。そのせいで愛沙がこんなことを言う。

「じゃ、じゃあ私がその……今日……一点入れたら……」

顔を真っ赤にして髪をいじりながらそんなことを言う愛沙が可愛すぎて思わず三島さんがこう言うくらいだった。

「なにあれ……愛沙先輩可愛すぎ……抱きたい」

「だめだよっ⁉」

「ちょっと陽菜ちゃん⁈」

守るように立ちふさがるまなみ。

そして慌てて止めてくれた八洲さんに、三島さんがこう返してさらに混乱を招く。

「三枝《みえ》ちゃんもお願いしないでいいの？　あともう三枝ちゃんだけだよ！」

「えっ⁉　えっと……じゃあ……私も一点入れたら……」

「はいはい。冗談言ってないでちゃんと応援してくれ」

「あっ、先輩〜！」

悪ノリで収拾がつかなくなる前にあしらって、逃げるように愛沙を連れて体育館に向かう。

その途中——

「ねえ」

俺の体操服の裾をつまんだ愛沙がまた顔を逸《そ》らして、こう言った。

「その……私だけ、本当に、点取ったらデート、だめ……かな？」

顔を真っ赤にしたまま上目遣いでこちらを見つめる愛沙の可愛さに思わず何も言えなくなる。

「……だめ？」

「ダメなわけない。すぐ行こう。どこでも行こう」

「ちょっと⁉　流石に今からじゃダメでしょ！」

「あっ……」

あまりの破壊力に勢い余ってしまうところだった。

そのせいでお互い顔が赤くなって、またしばらく沈黙が続いた。

「じゃあ、約束だから……」

そう言って逃げるように走り出した愛沙のせいで、俺はまたしばらく何もできずに立ち尽くすことになっていた。

◇【愛沙視点】

「頑張る……！」

バレー部に借りたユニフォームに着替えて意気込む。

まなみから聞いてはいたけど、本当に康貴、後輩に人気があるみたいだった……。

いや、康貴がそれでどうこうなるだなんて思ってはいないけど、でも、ちょっとモヤモヤしちゃうのも事実だ。

私じゃないなら……せめてまなみと……ってそうじゃない！

とにかく、デートの約束のためにも、今日は頑張ろうって、そう思った。

まなみじゃないけど、身体《からだ》を動かせばモヤモヤも晴れると思う。

「おっ、いつになくやる気じゃん。愛沙」

一緒に出る莉香子《りかこ》が肩を叩《たた》きながらやってきた。

そのすぐ隣では、藍子《あいこ》が美恵《みえ》に声をかけている。

「怪我《けが》しないようにね。特に美恵は……」

「大丈夫……多分」

藍子が心配する気持ちはよく分かる。普段行事ごとには参加すらしない美恵が今日はフル出場なのだ。

国内屈指のアスリートの参戦にクラスは盛り上がったけど、私たちは心配が強い。美恵が普段どれだけ怪我に気をつけて、どれだけ一生懸命フィギュアに取り組んでるか知っているから……。

「そしたら加納《かのう》さんはリベロで参加ってことでどうかな？　それなら跳ばないで済むし、バレーで怪我するのってほとんど着地のときだからさ」

数少ないバレー部員が仕切ってくれたおかげで話がまとまった。と思ったら……。

「で、なんで急にやる気に？　康貴《こうき》くんになんか言われたのかー？」

「うるさいっ！」

「ふふ。まあやる気になってくれたのはいいじゃない。愛沙の身長なら主戦力よ」

部活でやってる子が相手じゃどうしようもないけど、確かに私は平均身長、つまり帰宅部同士では大きい方になりやすい、のかもしれない。

莉香子にからかわれ、藍子に宥《なだ》められ、本番前の練習に入っていった。

◇

そして……。

二十五点の一セットマッチで二十三対八の圧倒的な差をつけられていた。

相手クラスはバレー部四人。対してこちらは現役一人と経験者一人という圧倒的不利。

「強い……」

「まだ一点も……取れてない……」

トーナメントだからここで負けたらおしまい……。康貴とのデートがかかってるんだから、なんとしても点を取りたい。あと二点で終わっちゃうなんて、嫌だ。

「高西《たかにし》さんに上げるから準備しといてね。ローテ的に今打てるの高西さんだけだから」

「わかった！」

相手のサーブ。容赦ないスピードだけど、美恵が運動神経を生かしてしっかり上げて、バレー部員がトスを上げる。ここまでの形は出来ているんだ。

問題はここから。

私も、莉香子も、藍子も、体育でちょっとやっただけじゃスパイクなんてろくに打てない。結果的に高いところから返すだけになってしまい、あっさり向こうのバレー部員にスパイクを決められるというのを繰り返しているのだ。

ここまで点を入れられたのは経験者の子とバレー部の子だけ。

「いくよ！　高西さん！」

スパイクのコツは練習で教えてもらった。

まだ一回も出来てないけど、一回くらいなら！

左、右、左……。最後は足をネットに平行に。跳んだら手を振り下ろす。

いける！

そう思った瞬間だった。

「愛沙《あいさ》！　頑張れ！」

「えっ……康貴……あっ⁉」

ポテ、と音が聞こえたような気がするくらい、私の腕は当たり損なってボールの側面を撫《な》でていた。

「えっ⁉」

ところがそのおかげで、後ろに下がって準備していた相手のバレー部員たちは意表を突かれることになり……。

――ポトン

ボールが相手のコートに落下して、得点板が動く。

「ナイスフェイント愛沙ー！」

「すごい。私もわかんなかった」

「流石《さすが》勝利の女神のお姉さん！」

なんかよくわからないけど褒められてしまう。

でもあれは狙ったものじゃなく……。

「ナイス得点！」

突然現れた康貴に驚いて、偶然当たり損なっただけの、不本意なポイントだった。

「もう一本！」

「おお、燃えてるねえ、愛沙」

一点でデートなら、二点決めたら二回行ってくれるかもしれないんだ。

それに……。

「頑張れー」

康貴が応援してくれてるんだから、それに応えたかった。

◇

「残念だったな」

「うん……」

結局あのあと、相手のサーブが美恵でもバレー部の子でも取れないところに立て続けに決められて、試合はあっさりと終わってしまった。

もしかすると初めて、スポーツで悔しいとか思ったかもしれない。

まなみは負けて泣いちゃうくらい、いつだって全力投球だった。今日はちょっとだけ、その気持ちがわかったような気がした。

「でも、一点は取ったわ」

「見てたよ」

そう……見られていたのだ。

不本意な点の取り方まで……。

でも、一点には違いないんだ。

「だから……」

「あのな愛沙」

「えっ？」

康貴が突然こちらを真《ま》っ直《す》ぐ向いてこんなことを言う。

「デートなんて、こんなことしなくたって愛沙とならいくらでも行くから……その……俺も、行きたい……から」

「──っ⁉」

後半はぎりぎり聞き取れるくらいに小さくなっていったけど、康貴の言葉はしっかり私に届いて……。

「あり……がと……」

しっかり私の頬も染められてしまっていた。

球技大会　その二

「わかってると思うけど一回戦敗退は許されないからな！」

サッカーグラウンドで円陣を組み、隼人《はやと》が声を上げる。

「相手に部員はいるけどレギュラーじゃない。こっちも経験者はいるし、背の高い真《まこと》はポストプレーに強い。絶対勝てる！」

「「「おおっ！」」」

「よしっ！　行くぞ！」

「「「おうっ！」」」

盛り上げ上手な隼人らしい鼓舞だった。

おかげでサッカーに参加したクラスメイトの目つきは自信に満ち溢《あふ》れている。

「ったく……サボれねえよなぁ、サッカーって」

「まあサボってたら外からは一発でバレるだろうな」

隼人は学年を超えて注目される存在だ。この試合もギャラリーが多いしな。

「はぁ……」

「諦めて活躍してくれ。苦手なわけじゃないだろ」

「苦手なわけじゃないだけだ……まあしゃあない。ボール来たらすぐお前にパスするからな」

「いや、そこは臨機応変に……」

「始まるぞ」

なんだかんだ言いながらもそれなりにやる気になった暁人《あきと》と一緒にポジションについた。

まあ、せっかくなら楽しむとしよう。

◇

「流石だな……」

「結局俺たちのほうにほぼボール来なかったな」

終わってみれば隼人と真の活躍で圧勝だった。

十分ハーフの通常のサッカーの四分の一程度しか時間がない中で、隼人と真が二人ともハットトリックを決めるという、相手が可哀想《かわいそう》になるほどの圧勝。しかも真の得点はすべて隼人のアシストだ。

「ありゃ、モテるわけだ」

晩人が言う。

確かに、間近でこんなの見せられたらファンは増える一方だろう。

その証拠にグラウンドの脇には女子生徒が集まって隼人に熱視線を送ってるしな。

「この調子だと結構勝ち進みそうだな」

「残念なことに、な。あーあーこれならやっぱドッジに行っときゃよかったよな」

晩人が天を仰いでそう言うが……。

「それはどうかな……」

「ん？」

男女混合ドッジボールチームには、有紀《ゆうき》がいるからな……。

◆

「そういえば球技大会か」

カフェのバイト。今日のシフトは有紀と俺、あとはマスターと明美《あけみ》さんだった。

「球技大会……？」

開店準備をしながら有紀と話をする。

「そう。女子はバレーとドッジだけど、愛沙たちと一緒ならバレーかな？」

有紀はクラスでは愛沙たちのグループで一緒に過ごしているようだし、そのままの流れで、ということになりそうではある。

「まあドッジのほうがポイント高いし、有紀が出たらうちのクラスはめちゃくちゃ強いだろうけど」

「そうなの……？」

「一応男女混合競技で、しかも男子はハンデ付きだからさ。ただ俺もサッカーになる気がするし、愛沙たちもバレーだから……」

俺の言葉になにか考え込む有紀。

そして……。

「ボクでも、役に立つの、かなぁ？」

「役に立つどころの話じゃないと思うぞ」

まあ当然、みんなびっくりするだろうけど。

俺も愛沙もおそらくいない状況で自分を発揮しないといけないという点も、大きなハードルだろう。

「そっか……ボクでも……」

「俺も愛沙もいない状況で、有紀がしっかり動けるなら、って話もあるけど……」

最大の問題はそこだ。

運動能力なら間違いないんだけど、活躍できるかどうかは有紀のこの気持ちの問題にかかっている。

学校での有紀は基本的にまだ、俺の背中に隠れているか、愛沙《あいさ》たちが守ってくれているかみたいな状況だ。

仮にドッジのチームに入ったとしても、何も出来ずに終わる可能性もあるんだが……。

「康貴《こうき》くんは……ボクが出来ると、思う？」

カフェの制服姿で、上目遣いにこちらを見つめて有紀が聞いてくる。

もうこの質問だけで、有紀の大きな成長を感じた。

明美さんが涙ぐんでるほどだ。

返答は慎重にしないといけない。もしここで安易にうなずいて、当日うまくいかなかったら、有紀は落ち込んで余計引っ込み思案が加速するだろう。

だが……。

「出来る」

「あっ……」

有紀の頭に手をおいて、俺はそう宣言した。

「有紀なら出来る。俺は有紀がすごいことを知ってるし、みんなにも知ってほしい」

有紀は俺の目を見て……。

「ボク、やって、みたい……！」

そう決意を固めてくれた。

◆

こんな経緯で、チーム決めでは気遣うクラスメイトたちにしっかりと、ドッジボールに参加すると意思表示をした有紀。まあちょっと手伝ったけど、それは仕方ないだろう。

意外な主張に驚いたクラスメイトだったが、有紀は男女ともに守りたくなるようなマスコットキャラとして愛されているから、特に不満もなく、むしろバレーは苦手なのかな？くらいに捉えられ、ドッジボールのチームに加えられていた。

◇

「お、間に合ったか」

結局隼人の大活躍でほとんど休む間もないまま決勝まで戦い抜いた俺たちは、同じく決勝まで勝ち上がったというドッジボールの応援に来ていた。

「にしても、男子の主力はサッカーが持っていったから、こっちは正直ここまで行くとはって感じだな」

真がそう言いながら俺と暁人の話に加わる。

まぁ、見たほうが早いだろうな。

「隼人は？」

「ファンサービス中だ。まあそのうち来るだろ」

「なるほど」

言っている間に試合の準備が始まる。

そこでようやく、初めてドッジを見に来た観客たちが異変に気づいた。

「あれ？　なんか相手チーム、顔色悪くないか？」

「いや、うちのクラスのやつらもなんかおかしいぞ？」

「お？　ギリギリ間に合ったみたいだけどこれなんだ？　どういう状況だ？」

遅れてやってきた隼人が瞬時に感じるほどの違和感。

原因がわかってるのはこの中だと俺と、すでに話していた暁人だけか。

「勝てる！　勝てるぞ！」

「絶対いける！　いくぞ！」

「おお……！　今回もやるぞ！」

サッカーに参加しなかった男子たちが中心になって、チームを鼓舞している。

隼人たちからして見れば、どちらかといえば運動が苦手なメンバーが集ったはずのドッジチームの男子がこうもやる気を見せているのは意外に映ったのだろう。

有紀を見ると、いつもどおり小さくなって身を潜めていた。ビクビクとなにかに怯《おび》える小動物にも見えるし、試合前に精神統一しているアスリートのようにも見える。

「康貴はなんかわかってる顔してるな」

隼人から声をかけられる。

俺と愛沙だけだろう。クラスで有紀の本来の姿を知っているのは。

「勝利の女神《まなみ》を育てたの、有紀だからな」

最近一緒にいて、あの運動神経だけはあの当時のまま成長していることがなんとなくわかっているんだ。

「「え……」」

「有紀は勝利の女神の師匠……いや、創造主みたいなもんだよ」

皆から次の質問が来る前に試合が始まる。

ジャンプボールで始まるドッジボールの試合。

相手は百八十近くある長身男子、こちらはジャンプボールは捨てているのか、小柄な男子が相手に行った。

「やられた！」

隼人《はやと》が声を上げる。

予想通り、ジャンプボールは相手が制する。

だが異変はここから始まった。

「いくぞー！」

「うぉぉおおおお」

「入野《いりの》さんを守れぇえええ」

主に男子たちが、有紀の周りを取り囲んでガードし始めたのだ。

「え……？　何してんだ、あれ」

ドッジボールは基本的に、相手のボールを取るか避《よ》けるか、そういうゲームのはず。

だがうちのクラスの男子たちは有紀の周囲を肉壁になって固めにいったのだ。

当然狙いやすい塊にボールが投げられ——

「ゼッケンチームアウト、外野に行ってください」

あっさり一人がアウトになる。

見る限りわざと相手のボールに当たりに行ったのではないかというくらい、避ける気がまったくなかったし、取ることも最初から諦めていたようだった。

だがチームの反応は……。

「よくやった！」

「お前の犠牲は無駄にしない！」

「ああ！　あとは任せたぞ！」

まるで全員が、ここまで予想通りと言わんばかりの自信に満ちた表情をしている。

そして……。

「入野さん、お願いします！」

「……うん」

避ける気も取る気もない男子が集まっていたおかげか、ボールはコロコロと自陣に転がり、うちのクラスが確保していた。

そのボールを、どう見ても最も運動に向かないように見える小動物のような有紀に敢《あ》えて渡したことに、決勝から増えたギャラリーからはざわめきが起きる。

真《まこと》も驚いてこんなことを言い出すくらいだ。

「康貴の話を聞いてなかったら、試合を捨ててるようにしか見えないぞ。これ」

「まあ、そうだよなぁ……」

隼人はポジティブにこんなことを言う。

「勝利の女神の師匠がどんな感じなのか、楽しみだな」

だが隼人に余裕があったのは、そこまでだった。

「いくね！」

有紀《ゆうき》がクラスメイトに宣言すると、波が避けていくかのようにクラスメイトたちが有紀のために道を空ける。

その不思議な光景に呆気《あっけ》にとられている間に、ボールは有紀の手元を離れ、敵陣を切り裂いていった。

――ブォン
「は……？」

サイドスローで投げられたボールが風を切る音が、ここまで聞こえるほどの剛速球。

隣で隼人が固まっていた。

「ここまでかよ……」

暁人《あきと》ですらそう声を上げるほどだ。

有紀の放ったそのボールはまず、キャッチに自信があったであろう、先頭で構えていた

男子の腕を直撃する。

だが有紀のボールはそこで勢いが衰えない。

「きゃっ！」

「うぉっ⁉」

そのままビリヤードのように追加で二人の相手生徒に命中し、それでも勢いが止まらないボールは、外野にいる味方ですら取ることができず体育館の端っこまで転がっていった。

これ、狙ってやったんだろうな……。

普段まなみを見ているおかげで冷静に見ていられるが、そうでない周りからすれば信じられない光景に体育館は静まり返る。

そりゃ相手チームも顔色が悪くなるはずだ。

「というか一人目、あんなの当たって大丈夫か？」

「まあ、ガタイが良《い》いから大丈夫だと思うけど……」

「敵だったらあれを食らってたのは俺かよ……良かった、このクラスに転入してくれて……」

真が心の底から絞り出すようにそんなことを言っていた。

他のクラスでもサッカーを選んでいれば避けられたんだが、まあどのクラスもまさかドッジボールにこんな化け物が登場するとは思っていないだろう。

唯一の男女混合種目であるドッジボールはポイントこそ高いものの、男子は人数が奪われるサッカー、女子は運動神経のある人間でなければ競技が成り立たないバレーだから、主力が送り込めないのが普通だ。

男子は男子への攻撃しか認められないという特殊ルールをわざわざ設けた学校側の配慮ごと打ち砕くイレギュラー、それが有紀だった。

「そりゃあんなもん毎試合見せられてたら味方もああなるか」

暁人の言葉通り……。

「おおお！　ありがとうございます！」

「流石《さすが》です入野さん！」

「次、お願いします！」

外野からやまなりにパスを受け取り、再び有紀の手にボールが渡る。

すでに相手チームは可哀想《かわいそう》なほどビクビクして、自分の番を待つだけになってしまっていた。

「勝利の女神が可愛《かわい》く見えるわ……」

隼人の言葉にうなずく。

俺も想像以上だった……というか……。

「こっちで動画やらせたほうが伸びたかもしれないいな……」

いやまぁ、再生数もSNSのフォロワーも増えていっているから、歌も順調なんだけど……。

とにもかくにも、あの頃のように何でも出来た憧れのヒーローのような有紀が帰ってきた気がして、勝手に嬉《うれ》しくなっている自分がいた。

有紀は俺が出来ないことをやってくれる、何だってなんとかしてくれる、そんな存在だったから……。

◆

「おいゆうきー。これ、かえったらおこられちゃうじゃんー」

「あははっ！」

いつものように有紀に引っ張られるように雑木林に入って遊んでいた俺たちだったが、その日は前の日の雨で地面がぐちゃぐちゃになっていた。

そんなところでいつもどおり走り回っていれば当然……。

「ぐっちゃぐちゃだねぇ。こうきくん」

「ゆうきもだぞ！」

絶対帰って怒られると焦《あせ》る俺に対して、有紀はいつもどおり楽しそうに笑うだけだった。

そして……。

「まあまかせといてよ」

そう言って笑う。

その顔を見て俺は、親に怒られる心配よりも、有紀ならなんとかするんじゃないかという安心感を覚えたんだった。

で、結局そのあとどうしたかというと……。

「ほら！　行くぞー！」

「えええええええっ!?」

――バシャーン
有紀に手を引かれて川にやってきて、されるがままに二人で飛び込んだんだった。

川と言っても半分水たまりみたいな感じだった気もする。

まあなにはともあれ、そこで汚れを落として、乾いたか汗かもわからないほどまた遊んで……。

狙いとは違ったかもしれないが、家に着いたときの俺たちは泥だらけなんて生温《なまぬる》いくらいにぐしゃぐしゃになっていて、怒られる間もなく風呂《ふろ》に入れられたんだった。

「ねっ？　おこられなかったでしょ」

一緒に入れられた風呂の中で、有紀はやっぱり笑っていた。

◆

今考えるとめちゃくちゃだけど、あのときの俺からすれば救世主で、ヒーローだったんだよな、有紀は。

その後、当然のように相手を完封して圧勝した有紀たちに、見ていたクラスメイトたちと一緒に声をかけに行こうとしたところで、有紀のほうが先に俺に気づいて近づいてくる。

「あっ……」

「おめでとう。さすがだな」

「えへへ。はい」

パッと掲げた手。

ハイタッチのポーズだ。

「いえーい！」

「いえーい！」

パンパンパンと、あの頃のやり取りを繰り返す。

大活躍を見せたエースとそんなことをしていれば当然目立つんだが……あまりの活躍っぷりのせいか、愛沙《あいさ》といるときのようなやっかみよりも、猛獣使いか何かを見るような生暖かい目線のほうが気になっていた。

それにそんなことより……。

「どうしたの？」

こちらを覗《のぞ》き込む有紀のその表情が、引っ越してきたばかりのあの表情と全く別物になっていることに、嬉しくなっていた。

旅行の前に【愛沙視点】

「お姉ちゃん、大事なお話があります」

球技大会が終わり、旅行の準備でそわそわする私に、まなみが改まってそんなことを言ってきた。

「どうしたのよ」

思わずこちらもかしこまって座ってしまう。

まなみの話は……。

「康貴《こうき》にぃ、ちょっと無防備過ぎると思わない？」

なるほど……。

前もちょっと、似たような話をしたような気がするけど……。

「まなみは心配なのね」

「えっ。お姉ちゃん心配してないのっ!? これが正妻の余裕……？」

「何馬鹿なこと言ってるの」

まなみの反応にちょっと顔が赤くなる。

皆すぐに結婚とか……子どもとか……その……そういうのはまだちょっと早くて……ってそうじゃない！

今はまなみだ。

まなみの髪を撫《な》でてこう言った。

「康貴は大丈夫よ」

「お姉ちゃん……」

不満げに唇を尖《とが》らせるまなみ。

「あのね、まなみ」

「ん？」

改めてまなみと向き合って、私の考えを伝える。

「私たちと夏休み、あれだけ一緒にいたのに手を出してこなかった康貴よ？」

「それは……」

これが全てだった。

康貴の今の反応を見れば、あの頃から私を嫌っていたなんてことはないことはわかる。

むしろ好意的な感情を抱いていてなお、あれだけ色々あった夏休みに全く進展らしい進展がなかったのだ。

「有紀《ゆうき》に優しかったり、後輩に甘かったりするのも、康貴だから仕方ないかなって」

それに何より、康貴が私を傷つけるようなことは、絶対しないはずだ。

これはきっと、うぬぼれじゃない。

誰よりも長く見てきたからわかる信頼だった。

でも、まなみの表情は晴れない。

「何が心配なの？」

「お姉ちゃんの油断が……」

「油断……」

心当たりがないとは言えないけど……。

「お姉ちゃん、私とか有紀くんが相手なら、康貴にぃがデート行っても別にいいって思ってるでしょ」

「それは……」

ないとは言い切れない。

というより……そもそも行かせるつもりすらあった。

「ＭＶＰ取ったらデートって話してたし……」

まなみは本当に球技大会でよく頑張ったはずだ。ＭＶＰなんて、まず私には縁がない話だし……頑張ったまなみを、康貴も褒めてくれるはずだし……。

「ふーん？」

「な、なによ……」

何故《なぜ》か目を細めてこちらを見るまなみ。

「お姉ちゃん、私相手なら取られないって、思ってる？」

「なっ⁉」

こんなまなみの顔を、初めて見た気がした。

私にとってずっと、まなみは可愛《かわい》い妹で、無邪気に笑っている、そんな存在だった。

でも今見たまなみの顔は一瞬、なんて言ったら良《い》いかわからないけど……女の子の顔をしていた。

「あはは－。私はちゃんと康貴にぃが好きって言ってるからね－？」

「ちょっ……その……えっと……」

「まあ、お姉ちゃんたちが大喧嘩《おおげんか》でもしない限り康貴にぃが私のほうに来ることはないと思う……というか、二人が喧嘩してたら私がそれどころじゃないしなぁ……」

またただ……。

まなみが、私の知らない表情をしていた。

でもそれは、まなみの本気度を示したものだったから……。

「喧嘩なんかしないわよ」

私も応えないと。

「えー？　長く付き合ってたら絶対すると思うけどなぁ……あーでも、康貴にぃ全部我慢しちゃうかぁ」

「えっ」

「ほら、お姉ちゃんって思ってることが顔に出やすいから、察しないでいいところまで察して我慢しちゃいそう」

「そうなの……？」

康貴が我慢……？　喧嘩？

全然想像できない……というより、私はこれまで康貴とそんなに真剣に、ぶつかったことなんてなかった。

「あとはまあ、いまはお姉ちゃんが康貴にぃのこと大好きすぎて大抵のことはなんでも許しちゃうだろうしなぁ」

「そ、それは……」

そうかもしれない……けど、面と向かってそう言われると顔が熱くなる。

「そもそも他の女とのデートを許しちゃうわけだし……」

「う……でも……まなみだから……」

「そう！　お姉ちゃんも康貴にぃも、私のこと妹だと思って油断してるでしょ？」

ニヤッと笑うまなみ。

「私だって、お姉ちゃんたちと一つしか変わらないんだからね？」

そう言ってこちらを見つめるまなみはやっぱり、妹じゃない一人の女の子の顔をしていて……。

「私も、負けないから」

「ふふ……お姉ちゃんはずっと勝ちっぱなしだから、もうちょっと油断してくれてても良いんだよ？」

自分でけしかけたくせによく言う。

本当にまなみは、私たちのことを良く思っているんだなと思う。

「あーあ、お姉ちゃんと康貴にぃが結婚でもしてくれたら、私も諦めがつくのになぁ」

「結婚っ⁉」

また飛び出てきた発言に思わず反応してしまう。

その隙をまなみは見逃さなかった。

「それにお姉ちゃん、有紀くん、あれで意外とおっぱいあるよ？」

「おっぱ……えっ⁉」

「最近はバイトも二人でシフトに入ってることだってあるし、私たちの知らないところでえっちなハプニングがあってもおかしくないよ！」

「う……えっ⁉」

突然何を⁉

「だからね！　私たちもほら、せっかく旅行で密室に康《こう》にぃを連れ込むんだから、そこで一歩前進したらどうかな？」

「前進……？」

「そう。温泉旅行で康貴にぃとの距離を縮めるの！　有紀くんとか他の女の子が何しても康貴にぃが動じないくらい！」

「康貴が動じない……それはどうしたら……」

すっかりまなみペースになっちゃったけど、今更どうしようもなかった。

大人しく話を聞くしかない。

確かに有紀は意外と胸があるのは、見てたからわかっていたし……いいなぁ……。

って今はまなみの話に集中しなきゃ。

「えへへ。いい考えがあるから、楽しみにしててっ！」

「楽しみ……？」

まなみが言うならきっと大丈夫なんだろうけど……。

「旅行から戻ってきたら、康貴にぃは他の子に何されても動じない男になって帰ってくる！」

「そ、そうなのね……？」

結局なんか、まなみにいいように振り回された気がしないでもないけど……でもこういうときのまなみの言うことを聞いて、損したことなんてない。

さっきのライバル宣言があっても、そこはお互い、信じ合えるからこそのやり取りだった。

「旅行、楽しみね」

「うんっ！」

出発

「忘れ物ないー？　着替え持ったー？　お金持ったー？　チケットはー？」

「大丈夫よ。昨日も確認したでしょ」

「あっ！　充電器忘れたー！」

「私が入れといたから大丈夫よ」

「わー！　ありがとー！」

旅行当日。高西《たかにし》家に迎えに行くとまなみがバタバタとせわしなく動き回っていた。

「二人も面倒見させてごめんなさいねぇ？　愛沙《あいさ》も落ち着いて見えるけど実は昨日ほとんど寝てないみたいだから――」

「お母さんっ！　余計なこと言わなくていいからっ！」

顔に手を当てて「あらあら」と微笑《ほほえ》む愛沙とまなみの母に、顔を赤くして愛沙が抗議していた。

「私はぐっすりだったよー！」

「まなみは準備の途中でパタッと糸が切れたように寝たわね……」

「なるほど……」

キャリーケースに沈むように眠るまなみの姿が鮮明に頭に浮かぶ。

その分今は元気いっぱいだしな。

「あははー。康貴《こうき》にぃも忘れ物ないっ？」

「チケットさえあれば最悪向こうでも買えるから大丈夫だよ」

そわそわするまなみを落ち着かせるためにそう言っておいた。まあ大体のものは愛沙がちゃんと用意しただろうしな。愛沙に目配せすると笑っていたし。

「おー！　じゃあしゅっぱーつ！」

「こら、走らないの」

「ふふ。二人をよろしくねえ、康貴くん」

そんなこんなで送り出されて、バスに乗って、最寄り駅から電車でしばらく進む。電車で座ったところで、荷物のせいか寝不足のせいか、疲れた様子の愛沙に気がついた。

「眠いなら寝てても良いぞ？」

「そうだよお姉ちゃん！　特急に乗り換えたら駅弁食べなきゃだからねっ！」

俺の心配にまなみも心配なのかなんなのかよくわからない形で便乗する。

それを受けて、愛沙は柔らかく笑ってこう言った。

「ふふ……じゃあ少しだけ寝るわ」

愛沙がコテンと俺の肩に頭を乗せる。

「なによ……」

「なんも言ってないだろ」

「じゃあ……いいわ」

そのままキュッと腕を摑《つか》んで……気づけば規則正しい寝息を立てていた。

「ほんとに疲れてたんだな……」

「まあお姉ちゃんってほら、遠足前とか寝れないタイプだったから」

「なるほど……」

それだけ楽しみにしてくれてるというのは嬉《うれ》しい。いやもちろん俺もかなり楽しみにしてきたんだけど……。実際俺もちょっと睡眠不足なくらいだ。

「ふふ。康貴にぃも寝る？」

ふわっと、まなみが俺の髪を撫《な》でた。不思議とそれだけで眠気が襲ってくる。

「そうするか……」

乗換駅は終点だし、いやでも起きるから……。

「おやすみ。二人とも」

いつになく柔らかい笑みを浮かべたまなみに何故《なぜ》か手を握られ、そのままスーッと意識が途絶えた。

◇

「よーし駅弁だー！」

まなみが元気に俺の手を引く。片手にキャリーケースを引きながら。

「そんな焦《あせ》らなくても時間には余裕があるだろ」

「ないよ！　駅弁が逃げちゃう！」

「逃げないわよ……」

愛沙が仕方ないなという表情でまなみのペースに合わせる。

俺も同じ顔をしてるんだろうな。

「あっちだー！　階段の上！」

言うが早いかまなみがキャリーケースを抱えて階段を駆け上がっていく。

大荷物を持ってるのに速すぎる……。

「俺たちも行くか」

「ええ……って康貴？」

まなみはまなみだから心配なかったけど、愛沙がすでに重い荷物に疲れてきているのは見ててわかる。階段くらいは俺が持とう。

「大丈夫なの？」

「まあ、一応男だから」

「そう……ありがと」

頬を染めてそう言ってくれた愛沙を見ただけで、言ってよかったなと思わせてくれる。

問題はここからなんだけど……。

「ふぅ……」

「大丈夫？」

せっかく荷物を受け取ったのに心配されてたら格好がつかないな。

息を切らしながらも両手にキャリーケースを抱えてようやく階段を上りきった。

「その……ありがと。でも無理しないで」

「大丈夫だよ。流石《さすが》に疲れたけど」

「飲み物、私が出すわ」

「いや……」

断ろうとしたところで——

「にしし。お姉ちゃんからです」

「冷たっ……！」

いやでもその冷たさが気持ちいい。

「まなみ……」

何も言ってないのに愛沙からといって冷たいお茶を渡してくるあたり、まなみには敵《かな》わないなと思う。キャリーケースを抱えて階段を駆け上がったはずなのに息の一つも切らしてないあたりも含めて……。

◇

「うーみーだー！」

「なんかこれ、最近もやった気がするわね」

「まあ色々あっておぼろげだけど、ここ数ヶ月の間に海には来てるもんな」

ザパーンと砂浜に波が押し寄せている。

特急ではまなみが念願の駅弁を食べるのを二人で笑いながら見守ったり、まなみが持ち込んだトランプをやって俺が少し酔って心配されたりしながら、トンネルをいくつも越えて旅館のある駅までたどり着いた。

そこから少し歩くとすぐに人気のない砂浜に到着する。

「ここ、旅館のプライベートビーチみたいになってるのか？」

駅から少し歩いた旅館。

裏手に広がる海にまなみはすでに夢中のようだった。

「海だよー！　お姉ちゃん！　康貴にぃ！」

「先にチェックインしてからな」

「荷物も置いたほうがいいわね」

「はーい！」

我先にと入り口に向かったまなみを愛沙と追いかける。

「ようこそお越しくださいました」

「予約の藤野《ふじの》です」

「はい。三名様でございますね。お部屋は五階になります。お食事のお時間はこちらに」

食事の場所や大浴場の場所なんかの説明を聞きながら名前を書いて鍵を受け取る。

その間もずっとまなみはそわそわしていて気づいたらお土産コーナーに消えていたんだけどまあ、いいだろう。

一通りの説明を聞き終えて最後……。

「館内着はそちらにございますので、お好きなものをお選びください。帯はお部屋にございますので」

「あっ！　お姉ちゃんこれ似合いそう！」

説明が終わると同時にいつの間にか戻ってきていたまなみが館内着の浴衣《ゆかた》を手に取ってそう言う。自由なまなみに笑いながら俺と愛沙がそっちに近づいていった。

「結構いろんなのがあるんだな」

用意されていたのは十何種類かの浴衣。男物は柄を選ぶ余地はなくサイズだけだったので、Ｌを手にとって愛沙たちと合流した。

「康《こう》にぃ、どっちが良《い》いと思う？」

まなみが黄色い浴衣とピンクの浴衣を手にとって身体《からだ》に当てて聞いてくる。

「んー……まなみならピンクかな？」

まなみも顔立ちが整ってるから何を着ても似合うんだけど、ピンクが合う気がした。

「私じゃなくてお姉ちゃんだったんだけど……まあいっか！　えへへ」

「そうだったのか……」

「じゃあ私も……ピンクにしようかしら」

対抗するようにピンクの浴衣を取る愛沙。

水色のイメージだったが逆にイメージにない分何かこう、グッと来るものがあった。

「なによ」

「いや、意外でいいなって」

ほんとに、普段イメージがないものでも意外性があって良いってなるし、普段どおりのイメージでももちろん似合ってて良い。

「じゃ、お部屋に行こー！」

「待て待て、なんで階段に向かうんだ」

「え？」

部屋は五階。ロビーは二階。

しかもキャリーケースを持ったままだ。流石にエレベーターを使わせて欲しかった。

ただまなみは心底不思議そうな顔でこちらを振り返る。

「こっちのほうが早いのに」と言いたげな表情で。

◇

「お姉ちゃん！　康貴にぃ！　はやく！」

部屋に荷物を置いてすぐ、着替える前に飛び出すように出てきたまなみに付いて砂浜にやってきた。

もう海水浴をする季節ではないが、せっかく来たのだからと足だけ浸《つ》かりに来たわけだ。

「おー？　水はあったかいかもー！」

すでに靴を脱いで走っていったまなみは波と戯《たわむ》れ始めて俺たちを早く早くと誘っている。

「携帯置いていくか……」

「そうね……」

波《なみ》打《う》ち際《ぎわ》で足を浸けるだけ……というがおそらくまなみと入れば服まで濡《ぬ》れるだろう。

荷物は部屋に置いてきたしこの服ももうすぐ温泉に入ればいいとして、濡れて困るものだけまとめて置いていくことにする。

幸い人気もないし盗《と》られる心配もない場所だからな。

愛《あい》沙《さ》と一緒に荷物をまとめて……。

「康《こう》貴《き》、まなみのところに早く着いたほうが一つ何か言うこと聞かせられるって、どう？」

「突然だな……」

愛沙がそんなことを言うときはだいたいまなみの入れ知恵かと思ってたら……。

「じゃ、スタート！」

「えっ⁉」

こっちの準備が整う前にさっと走り出す愛沙。

まずい。まなみの入れ知恵だとしたらなにをさせられるかわからないぞ⁉　下手したら貸し切り風呂《ぶろ》に一緒に入るとか言い出しかねない。

「こらっ、待て⁉」

「あはは。これなら勝てるかも」

この超短距離走でスタートの出遅れは致命的だった。

でも……。

「おっ？　競走？　負けないよっ！」

「えっ？　まなみ⁉」

打ち合わせしていたわけではなかったのか、まなみまで走り出してしまったのだ。

当然まなみが走り出すと……。

「ちょっ……波で走りにく……はぁ……はぁ……」

愛沙では追いつかない。

「あははー！」

だがそれは俺も同じで……。

「引き分け、か？」

「まなみにタッチしたほうが勝ち！」

「やるのか⁉」

諦めず走り出す愛沙。

「負けないよー！」

楽しそうに走り出すまなみ。

すでにまなみは膝近くまで波を受ける位置だというのに水の上を走ってるのかと思うほどのスピードで動き回る。

一方俺は足首を越えた波を受けると立ってるのもやっとだ。

「って、まなみを追いかけるとあの位置まで行かなきゃいけないのか……」

絶対波に足をすくわれるんだけど……。

と思ってたら……。

「行くわよ！」

「愛沙っ⁉」

愛沙がやる気を出して沖のほうに走り出したところで……。

「わー逃げろー！」

「えっ⁉」

ちょうどよく大きな波が来て……まなみは波より早く戻ってくるが、愛沙は波に向かって走っていたので間に合わない。

「きゃっ⁉」

膝に迫る波に愛沙が体勢を崩す。

そこにすかさず……。

「おっと……」

残念なことに俺にそこに駆けつけて支えるような運動神経はなく……。

「まなみ……」

「えへへ。危なかったねー、お姉ちゃん」

まなみが颯爽《さっそう》と現れて愛沙を抱きかかえていた。

愛沙はこちらを見て笑う。

「私の勝ちね」

「なっ⁉ そんなのありか」

「タッチしたわ」

やられた……。

ただ愛沙の表情と行動から、今日はいつもと違って少し子どもっぽくて、安心して楽しんでるのが伝わってきてよかった。

そんなことを考えているとまなみが沖の方を見てこんなことを言う。

「あっ、お姉ちゃんあの波さっきより大きいかも」

「え？」

俺たちが見たときにはもうその波は目前に迫っていて。

「ちゃんと支えててねっ⁉　まなみ」

「んー……でもあれは私も無理かも？」

言葉とは裏腹に満面の笑みで、まなみがそう言った。

「え……？」

次の瞬間……。

――バシャーン
「わー！」

「きゃあっ……」

まなみは心から楽しそうに半ば自分から、愛沙はそれに巻き込まれるようにして倒れて水浸しになっていた。

「あはは！」

「あははじゃないわよ！」

良かった。俺の方は倒れるほどの被害が出る波じゃなかったからのんびり眺めていたんだけど……。

「康貴だけ濡れてないのは不公平でしょ」

「え……？」

びしょびしょになってこちらに戻ってきた愛沙が不穏なことを言い出す。

「そうそう。康にぃも一緒に濡れればいいよ！」

まなみももちろんそれに乗っかって……。

「やめっ……ちょっ……あー！」

――バシャーン
波ではなく愛沙とまなみの二人に俺は押し倒されて、結局仲良く三人ビショビショになっていた。

◇

「大丈夫か？」

「ええ……はしゃぎすぎたわね」

なんとか旅館に迷惑をかけない程度に服を絞って身体《からだ》を拭いて、愛沙と二人で砂浜に座った。

遊び足りないまなみはまだ波と戯れていたが、流石《さすが》にもう服は濡らさないように言ってある。

ほんとに元気だな……。

それはそうとしてさっきの話だ。

「で、さっきの罰ゲームは何にするんだ？」

「ふふ……どうしようかしら」

髪が濡れたせいか、それともちょっと悪戯《いたずら》っぽい表情のせいか、どこか色気のようなものを感じさせる笑みで愛沙がこちらを見つめる。

「このあとお風呂に入って、部屋に戻ったらちょっと付き合ってもらおっかな」

「付き合うって？」

「戻ってきてからのお楽しみ」

それだけ言うと愛沙は立ち上がる。

「まなみー！　そろそろお風呂いきましょ」

「お風呂ー!? いくーー!」

バシャバシャと海をかき分けるように走ってくるまなみ。

あっという間にこちらにやってきて濡れた足を払う姿は、水に濡れてブルブルと身体を震わせて滴を飛ばす犬のようだった。

愛沙の言葉がちょっと気になるが、言う気がないなら仕方ないだろう……。

まあ最悪のケースである風呂に一緒に、みたいな話ではなさそうだから、とりあえず良《い》いということにしておいた。

それぞれの思惑

「ふぅ……」

流石に温泉に乱入されるなんて事件もなく、入ってみれば混浴ということもなく、拍子抜けするほどゆったりと温泉に入ることができた。

向こうからまなみの声でも聞こえてくるかと思ったがそんなこともなく、本当に平和だ。

「にしても……」

改めて三人で旅行って……。

愛沙《あいさ》だけならともかく、まなみも一緒、それも一部屋でというのは……。

「なんか改めて考えると普通じゃないというか……」

とんでもないことをしているような気持ちになってくる。

そんなことを考えていると露天風呂でものぼせたような気持ちになってきて――

「あがるか」

二人は髪を乾かすのに時間がかかるからと鍵は俺が持っている。

待たせるわけにはいかないし、早く出て困ることはないだろう。

風呂《ふろ》を後にして、待合室で携帯を見る。

「連絡もないし、二人はまだなら、お土産でも選んどくか」

実家に渡すお菓子を探していると、ふと髪飾りを見つけた。

有紀《ゆうき》にはバイトの関係で旅行のことを伝えているし、なにか渡すならこれは悪くない気がする。

「愛沙たちにも相談するとして、候補だな」

何の変哲もないといえばそうなんだが、シンプルな黄色の花柄のピンは、有紀に似合いそうな気がしていた。

◇【愛沙視点】

「良《い》い？　お姉ちゃん。部屋に戻ったら康貴《こうき》にぃを捕まえるんだよ」

「ええ……でも、何するの？」

「それはまぁ、康貴にぃのためのサプライズってことで」

「なんで私までサプライズなのよ……」

言うつもりがないならどうしようもない。

いつもと違うところに来たからか、自分でも不思議なくらい康貴に迫れてる気がするし、康貴も拒まずにいてくれる。

二人で来てたら緊張してぎこちなくなってたかもしれないけど、まなみのおかげで私も康貴も落ち着いている気がした。

だからまぁ、まなみが何をしようとしてるかわからないけど、なんとかなると思う。

「ありがとね。まなみ」

「えっ⁉　まだ何もしてないよっ！」

まなみにとっては何もしてないのかもしれない……いや、何もしなくたっていいんだ。

まなみがいてくれるだけで、私たちはうまくいくんだなと、改めて思わされた。

夏休みのような頼り切りの関係じゃなくても、まなみは私たちに欠かせない存在なんだ。

今更だけど。

「でも康貴にぃ、ちゃんと受け入れてくれるかなあ」

「それは心配ないわ」

「そうなのっ⁉」

「ええ。さっきね……」

海でした約束。

何をするかわからないけど、康貴ならきっと、受け入れるはずだ。

「お姉ちゃんがちょっと見ないうちにたくましく……！」

心底驚いたという表情のまなみにちょっと複雑な気持ちになったけど、これまでを思えばまあ、何も言い返せはしなかった。

◇

「マッサージ……？」

「そう……らしいわよ」

らしいってなんだ……。

いや、直前まで言われてなかったんだろうな……。愛沙も顔が真っ赤だ。

「ほらほら！　はやくはやく！」

いつの間にか用意された布団《ふとん》に誘われる。

当然まだ布団を出すような時間ではないから、用意したのはまなみと愛沙なんだろう。

「着替えは口実か……」

温泉から上がって部屋で集まってすぐだというのにまた着替えるからと部屋を追い出されたから怪しいとは思っていたけど……。

現に二人は俺が出ていった時と同じく、ロビーで選んだピンクの浴衣《ゆかた》姿だった。

「良いから早く！」

顔を赤くした愛沙に急《せ》かされてふらふらと布団に行ったは良いが……。

「なんでマッサージ？」

「康貴はさっき私に負けたじゃない……？　だから……」

顔をそらして愛沙がそう言う。

普通逆じゃないかと思ったがそれは言わないでおいた。

それで逆に頼まれたら、俺が愛沙の身体に触れることになってそのほうが大変な気がしたから。

「はーい。じゃあ全身百二十分コースだからね！　お客さん！」

「いや夕食間に合わなくなるだろ」

「あはは。いっくよー」

ノリノリでまなみが俺を布団に半ば押し倒し、そのまま俺の背中にお尻を乗せて肩のあたりからマッサージを始める。

これは……いや変なことを考えるのはやめよう。

まなみが動く度にむにゅむにゅと背中に柔らかい感触が伝わってくるけど……。考えないように……と思ってたら横にちょこんと座っていた愛沙に手を取られる。

「……なによ」

「いや……」

手のひらをマッサージされてるだけ。

まなみより接触は少ない。というか手くらいもう何回も繋《つな》いだことがあるというのに

……大事そうに両手で手のひらを押し始めた愛沙を直視できなくなって思わず顔を反対に向けた。

「はーい！　足にいくよー！」

まなみが無邪気だからか、俺はまなみのことを妹だと思って、そういう目で見ていないからか。

ただ少なくとも、愛沙に同じように乗られたら、まなみのときのように「考えないようにする」というのが難しいことだけはわかっていた。

それにしても……。

「まなみ、なんか上手《うま》いな？」

「えへへー。私良く整体とか行ったり、自分でも調べたりしてるんだよねー」

「そうなのか」

そういえばまなみの部屋ってスポーツものの本は妙に色々あったたな。

その中に人体に関する本みたいなのも確かに、あった気がする。

「まああれだけ動いてたら身体《からだ》のケアも必要か」

「そうなのー！　おかげでずっと元気！」

確かにまなみがなんかで怪我《けが》をするようなイメージはない。

あれだけ稼働《かどう》してるのにな……。

そう考えると少し、まなみも意外と色々考えてたんだなと感心する。というのが表情に出たせいだろうか……。

「いでて！　まなみ⁉」

「なんか失礼なこと考えてる顔してたから足つぼマッサージ！」

「いや……」

何でバレた……。本当にこういう野生の勘はすごいな……。

って……。

「いてぇ！」

「あはは。でもこのコリコリを流してあげると楽になるんだよー」

「今がつらいんだよ！」

かといって今暴れるとまなみを蹴ってしまうことにもなりかねないから耐えるしかない

んだが……。

「じゃあ私が腰とかやろうかしら。その……康貴を押さえておくためにも」

「え……？」

手をマッサージしてくれていた愛沙が膝立ちになって近づいてくる。

そしてそのまま俺の上に乗って……まずい、これさっき考えてた「考えないようにする」のが難しい体勢そのもので……。

「んっ……ちょっと、動かないで」

「ごめ……痛い痛い！」

「あはは！！」

まなみの足ツボマッサージのせいで愛沙が接触してきてることに意識が向かないのは良かったんだが、まなみにツボ押しされるたび俺の意思に関係なく身体が動いてしまう。

「んぁっ！　もうっ！　康貴！」

「仕方ないだろ⁉」

というか上に乗って変な声を出さないでくれ！

その後も色々いっぱいいっぱいになりながら、夕食の時間ギリギリまで二人がかりのマッサージは続いた。

身体は軽くなったし気持ち良かったんだけど……夕食のときに顔を合わせにくくなったのは言うまでもなかった。

海の幸をふんだんに使った夕食は美味《おい》しかったんだけどな。

◇

「貸し切り露天風呂の案内……」

夕食を終えて部屋に戻ると、今度こそきれいに並べられた布団と鍵が置かれていた。

他に利用客がいないからということでこのあとは清掃時間までいくらでも使って良いという案内の紙とともに。

愛沙《あいさ》が妙にこだわった影響で宿選びの一つの基準になっていたこの貸し切り露天風呂のサービス。もちろん頭には入っていたんだけど、いざ改めて案内を見ると……。

いやもちろん一緒に入ったりはしないんだけどな、と思っているとまなみがはしゃぎだす。

「わー！　貸し切り風呂だよ！　一緒に行こっ！　康《こう》にぃ！」

紙を見つけたとたん、まなみが一目散に飛びついた。

そしてそのまんまの勢いで俺に飛びついてくる。

「いやいや行けるか！　俺は良《い》いから二人で行ってきてくれ。どうせ普通の風呂《ふろ》も貸し切りみたいなもんだったし俺もう一回入ってくるから」

「えー……」

さっきのマッサージですらいっぱいいっぱいだったのに貸し切り風呂でどうやってまなみをやり過ごせば良いのか、愛沙と話せば良いのかなんて想像もつかない。

帰省したときのような広い風呂ではないんだ。一緒に入るといろいろ見えてしまうはずだし、今回は絶対断らないといけない。

すると隣で大人しくしていた愛沙が口を開いた。

「せっかくなら康貴《こうき》も入ってほしいし、私たちは時間がかかるから先に入ってきたらどうかしら？」

なるほど。

まあ確かに貸し切り風呂がどんな感じかは気になるけど……。

「良いのか？」

「良いわよ。景色が良いって聞いたし。私たちが入ってる間はテレビでも見てるか、物足りないならもう一度大浴場に行ったらいいんじゃない？　私たちは康貴が行ってる間に荷物の整理ができるし」

「そうか……」

じゃあ……。

「お言葉に甘えて」

「しょうがないなぁ」

「ふふ。いってらっしゃい」

「また後でねー！　康にぃ」

二人に見送られて貸し切り風呂に向かう。

まあ愛沙もいるし、まなみも変なことはしないだろう。

◇

という俺の予想は貸し切り風呂に入った途端もろくも崩れ去ることになった。

ガラッと音を立てて風呂の入り口が開いたのだ。

「まなみっ⁉」

「わわっ⁉　こっち見たらダメだよ、康にぃ」

そう言われて慌てて目を逸《そ》らす。

いやまなみはなぜか学校指定の水着を着ていたから問題ないんだが、俺の方は当然小さいタオル以外何も身につけてないからな……。

「えへへ。お背中流しましょうか」

「いや良いから戻れ」

「えー。せっかく来たのにー」

「愛沙は何やってるんだ……」

本気を出したまなみを運動能力で止めるのが無理なことはわかっている。

だがまなみが止める愛沙を振り切ってまでここに来るイメージはない。

ということは……。

「まさかと思うけど……愛沙も来たりしないよな？」

「んー？　どうかな？」

はぐらかすように笑ってまなみは石鹸《せっけん》を俺から奪うように持っていった。

「ふふ。これで球技大会の分のデート、チャラでいいよ？」

ＭＶＰを取ったらデートと言ってた話か……。

「いやそれとこれとは」

「まぁまぁ、良いではないか良いではないかー！」

まなみが水着を着ているとはいえ俺はタオル一枚で座っている状況。

抵抗するとこっちがまずい状況になるということもあって、為《な》す術《すべ》もなくまなみが石鹸を泡立てて俺の身体に塗りたくってきていた。

「はぁ……」

「えへへ。康にぃ、ありがとね」

半ば諦めて身を任せはじめると、まなみが突然耳元でそう囁《ささや》いた。

「どうした」

「だってほんとは、ここにはお姉ちゃんがいたはずだから……」

旅行に、という意味だろう。

本来は愛沙と俺が二人で来るように準備していたからな。

「気にしないで良いからな。俺も愛沙も、まなみにいて欲しいと思っただけだから」

「えへへー」

上機嫌で俺の腕を洗うまなみ。

「でもね、康にぃ」

「ん？」

まなみの手が止まる。

「花火のときに言ったけど、私はいつまでも二人の妹でいるつもりはないからねっ！」

ぴったりと、まなみが俺の背中に寄りかかって抱きついてきた。

俺は何も身につけてなくて、まなみは水着一枚だけ。

「おい……まなみ……」

「良かった。ちゃんとドキドキしてくれてて」

「……」

まなみが俺の鼓動を感じ取ったように、俺にもまなみの鼓動が直《じか》に伝わってくるんだ。

それは多分、俺と愛沙がまなみに対して思っていたようなそれとは違っていて……。

「私もちゃんと、女の子だから」

俺はなにも言えなくなった。

「さーて、そろそろお姉ちゃんも来るかな？」

まなみがぱっと離れる。

その瞬間にはもう、いつもの妹の表情に戻っていた。

というより……。

「愛沙が来る⁉」

――ガララ
逃げる隙も隠れる余裕もないままに、無情にも風呂の入り口が開いた音がした。

そして……。

「愛沙もスク水なのか……」

「これは……その……こういうのもいいってまなみが言うから……」

俺はノーコメントを貫くことにした。

◆【まなみ視点】

「ほんとにいいのー？　お姉ちゃん」

康貴にぃが部屋を出てすぐ、私はキャリーケースからあるものを取り出しながらお姉ちゃんに聞く。

「い、いいわよ……というより、恥ずかしくて……その……」

顔を赤くしてもじもじしてしまうお姉ちゃん。

これはこれで可愛《かわい》いんだけど……せっかくここまで来たのになぁ。

それにちょっと、お姉ちゃんにも危機感を持ってもらったほうがいい。

康貴にぃは絶対、二学期になってモテてるから。

陽菜《ひな》ちゃんと有紀《ゆうき》くんは間違いないし、他にも康貴にぃを見る目が変わったクラスメイトや先輩もいる。

とにかく、学校での康貴にぃを見てれば、人気が出ているのは間違いないんだ。

そんな中でお姉ちゃんが今のままじゃ、危ない。

康貴にぃを信用してないわけじゃないけど、ちょっと無防備過ぎるところがあるし……。

私が言うんだから間違いない。康貴にぃは私に対してだいぶ無防備だ。

付き合ってからは私のほうが気を使ってたのに、二人ともこうして私には甘いから……。

とにかくっ！

ここで油断してる康貴にぃの気を引き締めて、お姉ちゃんは康貴にぃに積極的にアピールしなきゃいけない！

そうじゃないと……お姉ちゃん以外に、例えば有紀ちゃんに取られちゃったりしたら、私が今までのようにいられなくなっちゃうから……。

だからちょっと私のわがままもあるけど、まずはお姉ちゃんをそのかさないと！

「もー。水着まで持ってきたのに今更だなぁ」

「そうだけどっ！　康貴は水着持ってないじゃない！」

「あはは」

「あははじゃないっ！」

これじゃだめかぁ。

もしかしたらお姉ちゃんは今回は乗ってこないかもしれない。

でも、それなら……。

「じゃ、私だけで行ってくるね」

「えっ」

それでも、私の目的は達成できるし。

別に私を選んでくれたっていいし、そうじゃなくても、今まで通り康貴にぃに甘えられるなら、そうしていたいから。

「えへへ。康《こう》にぃの背中流してあげてこよー」

「ちょっ⁉　ちょっとまなみっ⁉」

「止めたかったらお姉ちゃんも追いかけて来たら良いよっ！」

もう私も、お姉ちゃんに遠慮しすぎたりはしないんだ。

私だっていつまでも、良い妹のままで済ませる気はないからねっ！　お姉ちゃん！

◆

「にしても……愛沙《あいさ》まで来たのか」

「だって……」

スク水の愛沙とまなみに囲まれる裸の俺。

どんな状況だ……。

「じゃ、続き続き～！」

「あっ。私も……」

だめだ……俺に止められそうにない。

「次からもう少し警戒心を持っておこう……」

そういえば鍵すらかけてなかったのも俺のミスだし、まなみに釘《くぎ》をさしておかなかったのもそうだろう。

いや、まなみを止めるなら俺が入ってる間くらい時間つぶしになるものを何かまなみに渡すくらいしていても良かったかもしれない。

そんな現実逃避をしながらまなみに右腕を、愛沙に左腕を取られてされるがままに身を任せた。

すると、入ったときから顔が真っ赤なままの愛沙が不安そうにこんなことを言う。

「その……いや、だった？」

答えにくい……。

嫌なわけではない。もちろん……。

だけどどうすればいいかわからないのは事実だった。

そこにまなみが明るくこんなことを言う。

「お姉ちゃん、康にぃは照れてるだけだから大丈夫だよっ！」

「照れてるの？」

余計答えにくくなって顔をそむけようとする。

だが右を見ても左を見ても逃げようがなかった。

「ふふ……そっか。照れてるんだ」

愛沙が楽しそうにそう言って……。

「可愛い」

大事そうに俺の腕を抱え込む。

「待っ」

止める間もなかった。

水着でそんなことをしたら当然……。

「お姉ちゃん大胆だなぁ」

まなみがニヤニヤそう言ったように、俺の腕は愛沙の胸元に抱き寄せられていて……。

「〜〜〜⁉」

それに気づいた愛沙が遅れて、赤かった顔を更に赤くした。

「違っ⁉　これはその……えっと……」

「わかってるから落ち着い――」

「ひゃうっ⁉　康貴《こうき》！　手を動かさないで！」

「いやこれもわざとじゃなく――」

「ひゃんっ⁉」

勘弁してくれ！

「あはは。じゃあこの辺で引き上げよっかなー。今度こそごゆっくり。康にぃ」

まなみが逃げるようにそそくさと泡を落として出ようとして……。

「ちょっとまなみっ⁉　私も行く！　行くから！」

「えー、二人でゆっくりしてきても良《い》いんだよー？」

「無理よっ！」

慌ただしく愛沙も追いかけて出ていった。

「あれ……？　二人ってここで着替えたんだよな……？」

ドア一つ隔てた脱衣所。

そこで二人が今度は逆に水着を脱いでいるんだと思うと……。

「だめだ。考えない！　考えるな！　俺……！」

とにかくゆっくり湯船に浸《つ》かって頭を冷やそう……。

そう思って湯船に入ったはいいものの、当然ながらすでにのぼせたような頭が冷えることなどなかった。

◇

「康にぃーー！　ただいまーー！」

結局あの後貸し切り風呂《ぶろ》は入れ替わりで愛沙たちに譲って、俺は部屋で待つという当初の予定通りの動きになった。

ぎこちない俺と愛沙に対してまなみが「あ、康にぃも乱入してくるなら鍵開けとくけど？」とか言い出して場をかき乱し続けた結果、特段気まずさを引きずることなく済んだのは不幸中の幸いかもしれない。

元凶もまなみなんだが……。

「おかえり」

「ふふーん。湯上がり美人でしょ、お姉ちゃん！」

「――っ⁉」

突然話を振られてビクッとなるところを含めて確かに、愛沙は可愛いし、美人だった。

しっとり濡《ぬ》れた髪と、少し上気した頬、そして見慣れない館内用の浴衣《ゆかた》姿。

夏祭りのときの浴衣と違って生地も薄く、帯も自分で結んだ心もとなさがある。暑さのせいかちょっと胸元が開いているように見えるのも、手に持ったタオルで汗を拭う姿も、普段見られない愛沙で何故《なぜ》か妙に緊張してしまう。

露出度だけならさっきの水着や、そもそもビキニだったプールや海のときの方がすごかったんだけどな……。

「なによ……」

「いや……その……おかえり」

「……ただいま」

そんなやり取りが精一杯だった。

「康にぃを待たせないようにと思ってドライヤー使ってこなかったんだー。部屋にもあったからさ！」

「ああ、それで濡れてるのか」

「うんー。あ、そうだ！」

まなみが何か思いついたような声を出してパタパタ走り回る。

そして気づくとストンと俺の膝の中に収まり、俺の手にはドライヤーが握らされていた。

「え？」

「康にぃ、髪乾かして？」

膝に座ったまなみが振り返って甘えるように首を傾《かし》げながらそんなことを言ってくる。

なんかこの距離感、久しぶりな気がする……。

いつもと違った浴衣姿のせいか、風呂上がりのせいか、それとも……とにかく何故かドキッとさせられて、すぐに返事が出来なくなってしまっていた。

「だめ？」

「いや……ダメじゃない、けど……」

「えへへー。お願いしまーす。私はお姉ちゃんほど時間かからないから安心して！　次が本命だよ！」

「え、次？」

「私にやったことはお姉ちゃんにもしなきゃ、でしょ？」

まなみの言葉に思わず愛沙と目を見合わせて固まった。

風呂上がりの今の愛沙はまなみ以上の破壊力なんだ……それがこの距離に……？

「ほらほらっ！　手を動かしながら考えて！」

「……ああ」

とにかくいつまでもこうしているわけにもいかないのでまなみの髪を手ぐしで梳《と》かしながらドライヤーで乾かしていく。

「えへへー。いいねえこれ。一家に一台康にぃがほしいなぁ」

「ドライヤーの付属家電みたいな扱いか……」

「あはは！　あっ！　この芸人面白いって前お姉ちゃんと話してた人だー！」

「こら頭を動かすな！」

「わー！　怒られたー！」

それでも楽しそうにケラケラ笑いながらテレビを指差すまなみ。

いつもどおり過ぎるその様子に愛沙も優しい表情でまなみを眺めていた。

◇

「うぅ……」

「あはは。お姉ちゃん照れて唸《うな》ってる」

「うるさいっ！」

まなみの髪を乾かし終わり、愛沙の番になって待つこと二十分。

ようやく観念したように愛沙《あいさ》が俺の足の中に収まっていた。

「何回か言ったけど自分でやるという手もあるぞ？」

「……康貴は、私の髪やるのは嫌なのかしら」

「そうじゃないって……」

「うぅ……」

終始こんな感じだった。

まあもうこうなったらこっちから強引にやろう。

「ひゃっ⁉」

「髪触っただけなのに⁉」

俺が何か悪いことをしたような気持ちになる声を出しながら愛沙がビクッと縮こまる。

「うぅ……いいわ。やって！」

「言葉と身体《からだ》が一致してない！」

「よーしそんなお姉ちゃんの緊張を解きほぐしてあげよー」

「えっ⁉」

愛沙がなにかする間もなくまなみが愛沙の正面に座り……。

「え……まさかその手は……」

まなみが手をわきわきさせながら近づいてくる。

「こしょこしょー！」

「きゃっ!?　ちょっとまなみっ!?」

「あ、康《こう》にぃ！　お姉ちゃん押さえとかないと暴れて危ないよ！」

「えっ?!　こうか……？」

「ちょっと康貴!?」

とっさに言われたとおり後ろから愛沙の腕を押さえ込んでしまう。羽交い締めのような状態だ。

「おっけー！　じゃ、いくよー！」

「待ってまなみ！　わかった！　わかったから！」

「んー？　こしょこしょー！」

「きゃぁあははは待って……！　ダメ！」

愛沙が暴れようとするのでこちらもつい押さえる腕に力がこもる。

それでも髪を振り回すような状態になって俺にぶつかってくる愛沙。そのたびシャンプーのいい匂いが鼻をかすめていった。

「あはははは待っ……まなみ！　許して」

「んー？　まだほぐれてない気がするなー？」

「だめ！　脇は本当にダメだから！」

「えーい！」

「んっ！　あぁあああはははは！　だめっ、死んじゃ……あははは」

「大げさだなぁ。康にいもやっとく？」

「え……？」

とろんとして若干うつろになった目の愛沙と目が合う。

ちょっと正直やってみたい気持ちが湧くが……。

「康……貴？」

「やる」

「待っ！　だめっ！　あぁっ！　あはははは」

「おお……」

まなみが楽しんでる理由がわかってしまった。

「あはははひゃ……だっ……め……」

「おっと……」

これ以上は危なそうだったので流石《さすが》に手を離した。

「はぁ……はぁ……康貴《こうき》……」

恨みがましそうにこちらを見る愛沙。

でも色々と乱れて顔を真っ赤にした愛沙はそんなに怖くな……待てよ？　乱れて……？

思わず胸元に目がいって慌てて目をそらした。

「あっ……！」

愛沙もすぐに気づき、力ないながらもよろよろと浴衣の乱れを直す。

「……見た？」

「……」

「あー……これは康貴にぃも罰ゲームかなぁ？」

「そうね。賛成よ、まなみ」

「え……？」

怖い顔をした愛沙と、相変わらずニコニコしたまなみににじり寄られ……。

「待て！　元凶はまなみだろ?!」

「まなみは私たちじゃ押さえられないでしょ！」

「そんなことを自信満々に……」

そんなことを言ってる隙にまなみに背後に回りこまれてちょうどさっきの愛沙のように

羽交い締めにされてしまった。

小柄なまなみのどこにそんな力があるんだと思うが、全く抜け出せる気がしない。

そうこうしているうちに愛沙がすぐ目の前に迫ってきていて……。

「やっちゃえー！　お姉ちゃん！」

「覚悟は出来てるでしょうね？　康貴」

「いや……」

まなみが後ろから密着するせいでなにか柔らかいものがとか、そんなことは一瞬たりとも考える余裕がない地獄を味わう羽目になっていた。

◇

「まなみ、寝ちゃったわね」

あのあと散々暴れまわり、いつの間にか髪も乾き、バイト先で一人だったはずの有紀《ゆうき》に連絡を取って大丈夫だったかを聞いて……。

有紀は意外と元気そうで、何か球技大会あたりで改めて自信をつけたような、そんな雰囲気を感じさせていた。

秋津《あきつ》の拡散力のおかげもあって、いよいよ注目も集まってきているところだ。

俺も一応、ミックスがどっちがいいか、なんて相談はちょこちょこ受けながらやっているので楽しみにしていた。

「そうだな。有紀も元気そうだったし、俺たちも寝るだけか」

「そう……ね」

まなみは持ってきたトランプに付き合ってるうちにキャンプのときのように倒れるように眠ったから、そのまま布団《ふとん》をかけている……。

「よく寝てるな……」

俺たちも布団に入ったはいいが、そう簡単に寝られるわけでもなかった。

布団は三つ、きれいに隙間なく並べられていて、少し距離を離そうとしたんだがまなみが起きてるときに必死に止められて結局移動することなく、俺の隣には愛沙が寝ていた。

その奥にまなみが眠っている。となると、愛沙は俺と話すために、まなみを起こさないために俺の方に近づいてくることになるんだが……。

「まなみがいなかったらこんなこと、出来なかったでしょうね」

俺の手をそっと握りながら、愛沙が言う。

こんなこと、に含まれてる内容はかなり広いだろうな……。

旅行はもちろん、付き合ってなかった可能性も高いし、そもそもまだ、会話をするような仲になってなかった可能性すらあるんだ。

「間違いないな」

「ふふ」

本当にまなみ様々だった。

付き合ってなお、俺は愛沙のことをやっぱり少し距離が遠い相手に感じてしまう部分があったし、愛沙は今でこそこんな様子だが触れ合う度に顔を真っ赤にしている。

まなみの力なしで触れ合ったり、さっきみたいにくっついたりなんていうのは、本当にかなり先になっていたか……下手すればそんな未来が来なかったことだって、十分有り得るのだ。

「ねえ、康貴」

「ん？」

「康貴は……私たちといて、楽しい？」

「それはもちろん」

即答だった。

「そっか。良かった」

「愛沙は……二人のほうが良かったか？」

「んー。まなみがいて、康貴がいて、こんなに幸せなこと、ないと思ってる」

「そうか……」

直球で投げかけられた言葉に返しきれず言葉に詰まる。

「でも、ちょっとだけ、康貴を独り占めしても、いいよね？」

「えっ？」

気づくと愛沙が、俺の布団に潜り込んできていた。

「好きよ……康貴」

「っ⁉」

至近距離で、真っ直《ます》ぐにぶつけられた想《おも》い。

付き合ってるんだ。

両思いだということはもう、わかってるんだ。

でも、それでも……いや、だからこそ、この言葉に何も感じないわけがなかった。

「えへへ。やっぱり疲れちゃって眠いからかな……いつもより素直になれる気がするわ」

「ああ……」

曖昧に返事をすることしかできない俺の手を両手で握りしめ、愛沙は顔の前に持ってきて大事そうに俺の手を抱え込む。

「ふふ……ありがとね」

それは何に対してだったかわからないけど、でも、何か通じ合うものがあって……。

「俺も、ありがとう」

「うん……」

愛沙《好きな人》が近くにいる。

息がかかるほど、目の前にいる。

それは信じられないくらい嬉《うれ》しくて、楽しくて、あとは多分……俺もちょっと、疲れていて、だからいつもより、大胆で、素直に行動できたんだと思う。

「えっ」

愛沙《あいさ》を抱きしめてこう言った。

「俺も、好きだから……おやすみ」

それだけ言って、ぱっと離れて反対を向いた。

それ以上はもう、耐えられない気がしたから。

でも……。

「ずるい……」

愛沙は俺の背中にピタッとくっついてそう言った。

「俺は愛沙のほうが、ずるいと思う……」

そこからは二人、顔を合わせることも、言葉を交わすこともなかった。

ただお互いの体温を感じ合って……そのまま……。

「おやすみ、康貴」

「おやすみ、愛沙」

まどろみに沈んでいった。

帰り道で

「遊んだわね……」

「そうだな」

旅行二日目。

朝のビュッフェスタイルの豪華な朝食に始まり、動物園でまなみがまたいなくなったり、ヘビを抱いて写真撮影をしたり、カメに餌やりをしたり、ひとしきり満喫した帰りの電車。

すでにまなみは電池切れで倒れるように眠っていた。

「康貴は、楽しかった？」

「もちろん。愛沙は？」

「私も」

眠るまなみの髪を優しく撫《な》でながら愛沙が言う。

「楽しかった」

まなみを撫でる手とは反対の手に、さっき撮ったヘビとの写真がある。

撮った時は抵抗していたのに、愛おしそうにそれを眺める愛沙にドキッとさせられる。

「また来たいわね」

「何回でも来よう」

「ふふ。他のところにも行ってみたいかも」

「それも……」

「毎年のように、行けたら楽しいでしょうね」

毎年、という言葉に、何年も先まで一緒にいる未来を描いてくれていることがわかって……。

「そうだな」

お互い口には出さずとも、そんな未来が来ればいいなという想いはきっと同じなんだろう。

「……」

「……」

お互いに無言になって、それでも不思議と心地よい時間が流れる。

しばらく経《た》ってから、愛沙が俺の肩に頭を乗せてきてこう言った。

「楽しかった……」

「それは良かった」

「あのね、康貴《こうき》……」

「ん？」

頭を俺にもたれさせたまま、手を握ってきて愛沙が言う。

「わがままかもしれないけど……他の子にこんな無防備に、触られたりしないようにしてね」

心臓の音が聞こえないかと不安になるほど、その一言にドキドキさせられる。

「まなみは……しょうがないけど」

そう言って笑う愛沙に答える。

「約束する」

まなみはしょうがないというあたりが愛沙らしいというか……まあ俺が気をつけておかないといけないことは一つだ。

「不安にさせないようにする」

「うん……」

愛沙のためというより俺がそうしたいから。

ただ……。

「それを言うなら俺の方が不安が大きいけど……」

「えっ⁉」

「いや、どう考えても愛沙はモテるし目立つし俺より危ないだろ」

「そんなことないわよ……でも……気をつけるわ」

行事が始まればそれは余計にだろう。

ミスコンだってあるし、愛沙なら間違いなく今年は学年を問わず人気候補だ。

「そういえば有紀《ゆうき》も、ミスコン候補になってたんだっけ」

「なんか言ってたかも……」

東野《とうの》からそんなことを聞いた気もする。

いずれにしても、行事はもうすぐそこまで近づいてきていた。

日常に戻って

「いらっしゃいませー。何名様でしょうかー」

「まなみは元気ね……」

休日、アルバイトをするまなみの様子を眺めながら、愛沙が言う。

今日は俺と愛沙はシフトに入っていないんだが、昼にはまなみと有紀も時間ができるということで、家庭教師という名目で有紀の部屋に集まることになっていた。

「お待たせしました。オムライスと日替わりランチになります」

「ありがと、有紀」

「うん……お冷もお持ちいたしますね」

笑顔で対応してくれる有紀。

マスターと明美《あけみ》さんのご好意で昼食を食べていって良《い》いということで、愛沙と二人、ボックス席に座っているんだが……。

「有紀があんなにハキハキ話してるの、初めて聞いたかもしれない……」

「何言ってるのよ。康貴のおかげでしょ。有紀が変わったのは」

「え？」

愛沙と目を見合わせると、ちょっと呆《あき》れながら説明してくれた。

「家庭教師、もう何回かやりながら自信つけたのは康貴じゃない」

「いや……そんな大したことをやった記憶がない……」

ただ愛沙はそう思っていないようで、ジト目でこちらを見ながらこう言った。

「変わりたいって自覚させたのは康貴だし、歌を始めさせたのも、バイトで喋《しゃべ》れるようになるまで練習したのも、球技大会、活躍できるように励ましたのも、全部康貴じゃない」

柔らかく笑う愛沙。

そうやって挙げていくと、たしかに短期間に色々やった気はするんだけど……。

「それだけで、ここまで変わるのか」

「それだけ、って思ってるのは多分、康貴だけよ」

「そうか……」

驚きの変化だった。

俺からすれば、有紀が自分で頑張って、有紀が持ってるものがようやく皆に伝わっただけに見えるけど……。

「あの頃と逆に、たくさん有紀を助けてあげてると思うわ」

「なら、良かったのかな」

「ええ」

すっかりウェイトレス姿が馴染《なじ》むようになった有紀を見守りながら、二人の仕事が終わるのをのんびりと待っていた。

◇

「すごいよねぇ、もう三本も動画出すなんてっ！」

「まだまだだけど……ありがと」

まなみと有紀のシフトも終わり、改めて四人、有紀の部屋に集まった。

最初の投稿を終え、その実力でコメント欄を賑《にぎ》わわせたあと、秋津《あきつ》とのコラボや拡散で一気に知名度を上げた二作目。

そして注目の的となった状態で、三作目に挑戦することになった。

「にしても……すごいな、もうすっかり人気者だな」

「そんなことは……」

有紀はそう言うが、すでに再生回数や評価を見れば素人目《しろうとめ》にでもかなり人気が出ていることがわかる。

これまでは有紀が好きな歌を歌っていたのに対して、今回はまなみの提案した最新の歌だった。

「えへへー。お姉ちゃんと康貴にぃが、ヒットする曲を予想してそれを歌っておけば、それだけで一気に変わるって言ってたから探してみたの！」

この辺はまなみの野性的な勘が大いに役に立つところだった。

まだデビューしたばかりのほとんど無名と言っていいアーティストの曲で、発表が昨日。すぐにまなみが見つけてきて、今日録《と》って今日出そうという話になっている。

「実はもう……録音はしてある」

「流石《さすが》だな……」

「待ちきれ……なかった……」

ちょっと申し訳なさそうな、照れたような表情で有紀が告げる。

おもちゃを前にした子どものような可愛《かわい》さがある。

「じゃあミックスか」

「あと、動画の準備……エンコード、なるべくはやくアップする」

この辺りはもう、すっかり慣れた手付きになっている。

「康貴はともかく、私たち役に立つかしら……？」

「皆の、意見が聞きたい」

有紀がはっきりと意思表示を見せたことに、少なからず俺たちは驚いた。

「わーい！　私も有紀くんの歌聴きたい！」

まなみが抱きつくと、有紀も笑いながら準備を始めていた。

◇

それは何気なく聞いたはずの一言だった。

「そういえば、なんでこっちでカフェなんて始めたんですか？」

昼営業も終わり、今日はこの後は有紀の家庭教師、という名目兼休憩に入るというタイミングで、ふとマスターに聞いてみたのだ。

「ああそうか。言ってなかったもんねぇ。ちょうどいいか。康貴くんには有紀のことをお願いしてるし、ちゃんと話しておこうか」

「ちゃんと……？」

いつの間にか準備したコーヒーを差し出しながら、マスターは俺をカウンターに座らせた。

「僕のことは覚えていなくても、あの頃の有紀のことは覚えていてくれたんだろう？」

「それは、まぁ……」

「だったら不思議に思わなかったかい？　あの有紀が、どうしてこうも引っ込み思案になってしまったか、って」

なんて答えるべきか迷って言葉に詰まってしまう。

「いやぁ、困らせたいわけじゃぁないんだ。ごめんごめん」

マスターがコーヒーに口をつけ、静かにこう言った。

「僕は今でこそこんな感じだけど、転勤の多い仕事でねぇ、康貴くんたちと有紀が過ごしたのも、数ヶ月だったと思うんだけど、他の場所でも数年と経《た》たずに行ったり来たりを繰り返していたんだよ」

何の仕事だったかはちょっと聞けなかった。ただまぁ、有紀の家が転勤族だったことは聞いていたし、実際あれしか一緒にいなかったのだから理解の出来る話だった。

マスターから、俺たちと離れた後の有紀の様子が告げられた。

「小学生にもなるとね。どうしても有紀は、当時のままじゃいられなかったようでね……。どうも学校に馴染めなくなっていったんだよ」

「あぁ……」

当時は男だと思いこむほどの顔だったけど、年齢とともに見た目は変わる。当然周りの男女としての付き合い方も変わっていく。

俺と愛沙《あいさ》が疎遠になったように……。

有紀はそれが、クラスメイトたち全員にそうなってしまったようなものなんだろう。

「子どもの頃があんなだったから、僕らも油断していてね……いつかなんとかなる、なんてのんきなことを考えていたんだけど……結果はこう。僕の都合に振り回したせいで、有紀に要らぬ苦労をかけ続けてしまった」

「それは……」

転校が多かった、という理由もあるだろう。

もっと言えば、有紀があのままこの地に残っていたら……きっと愛沙とまなみは、孤立する有紀を放ってはおかなかっただろう。愛沙とああなってしまった俺が、そこに手を差し伸べられたかなんてわからないけれど……。

「だからね。今度は僕らが、有紀のために動こうと思ったんだ。有紀にとって一番、いや……唯一良《い》い思い出があるこの場所で、僕らも新しいことに挑戦してみようか、ってね。もちろん生活に困らせるつもりはないし、僕らにとってはどれだけ引っ込み思案になっていたって、有紀は可愛い可愛い娘だ」

そうしてなぜかかしこまった様子で、マスターが俺に頭を下げてこう言った。

「ありがとう。康貴《こうき》くん」

「そんなっ⁉　頭を下げられるようなことでは……」

マスターのカップにはもう、コーヒーは入っていない。

だがカップを持ち続けたまま、カップに目線を逃がすようにして、こう続けた。

「康貴くんに家庭教師を頼んで、僕らが十年以上かけて何も出来なかった、いや、悪化させてしまっていたことが、すっかり良くなったように思えるんだよ。僕らじゃぁもう、どうしようもなかったことが……ね」

「そこまで……」

だとしたら、最近の有紀《ゆうき》の変化は確かに大きいだろう。

でもそうなったのはきっと……マスターと明美さんがこれだけ有紀のことを考えて動く両親だったからに他ならないと、改めて思った。

◇

「……改めて見ても、すごいな」

「びっくり……」

先日投稿した三本目の動画は予想をはるかに上回る再生数になっていた。

まなみの読み通りヒットした原曲のおかげもあり、カバーがまだ多く出ない中、有紀の歌唱力は圧倒的に目立って、この曲で検索をかければ本家より上に来ることすらあるほどの状態になっている。

「ほんとに有紀はすごいな……」

マスターにはああ言われたけど、やっぱり俺は別に大したことはしてなくて、歌だって、球技大会だって、有紀が持ってた力で活躍した結果だ。

「康貴くんの、おかげ……」

ただまあ、そう言ってもらえると言ったかいがある。

ここまで来られたのも、それを機に自信をつけていったことも、全部有紀の努力あってのものだが……。

「よく頑張ったな」

「……うんっ！」

下でウェイトレスをやる様子も見ていたからわかる。

今の有紀は幼馴染《おさななじみ》として一緒に遊んでいた頃の有紀とは別人ではあるものの、引っ越してきたばかりの喋ることすらできないような状況とも、まるで別人になった。

小動物っぽい仕草と、ちょっとおどおどした話し方はあるけど、もう有紀は大丈夫なんだろうと思うのに十分なくらい、いい表情をしていた。

◇【有紀視点】

「もう……誤魔化せない……よね」

康貴くんが座っていたクッションを抱きしめながらそんなことを考えてしまう自分が恥ずかしい。

それでももう、気付いた気持ちに嘘《うそ》はつけなかった。

「思いは……言葉にしないと……」

康貴くんから何度もそうやって励まされてきたから……。

だから……。

愛沙ちゃんも、まなみちゃんもそうだろうし、もう康貴くんと……いやきっとそうだろうとは、思う。

だけど私は……もう……。

「もう少し早く、ここに戻ってこられたら……」

でも、もう自分の溢《あふ》れ出す気持ちを抑えておくことは難しそうだった。

文化祭

行事が始まってからは本当にあっという間だった。

すでに体育祭は終わり、有紀がまた大活躍をして一段と自信をつけたりと、色々あった。

そしていよいよ、学園祭の最終イベント、文化祭の一日目に入ったんだが……。

「一番のお客さん、コーヒー二つとサンドイッチお願い～！」

「結構並んでるよ！　どうする⁈」

「藤野《ふじの》くん～、お客さん水こぼしちゃったって……」

大正ロマン衣装に身を包んだクラスメイトたちが慌ただしく動き回っていた。

衣装が可愛いからという理由でそうなったんだが、メニューは入野《いりの》珈琲《コーヒー》店から全面協力を得て、がっつり洋風になっている。

つまり俺と愛沙と有紀が、このクラスの主戦力ということになっていた。

ほとんどのクラスメイトにとって慣れない仕事だ。文化祭で大目に見てくれるとはいえ、来るお客さんも一般の人だから気は抜けない。

「コーヒー二つとサンドイッチ出るよー。あと加納《かのう》はそろそろ休憩だから休んで大丈夫。

交代するまで俺がホールに出るから」

疲れ果てた様子で加納がキッチンという名の裏スペースに戻ってくる。

「お疲れ様。コーヒーいけるか？」

「ん……ありがと」

大正ロマン風、ということで、女子は着物にフリルの白いエプロンを付けた格好をしている。加納も口数が少ないのが衣装も相まって儚《はかな》げな印象を醸《かも》し出し、ホールで人気を集めていた。

女子の方が受けが良いという現実的な理由から基本的にはホールは女子、キッチン裏方が男子ということになっていたんだが……。

「にしても、何で俺はちゃんと衣装が準備されたんだ……」

帽子、学ラン、マントという服装を一式与えられたんだがコスプレ感がすごい……。秋《あき》津《つ》が調子に乗って化粧まですると言い出したせいで俺は文化祭一日目、外を回るのは半ば諦めつつあった。

「愛沙の提案」

「愛沙が……？」

「ん。どうせ一日目は経験者が付きっきりになるだろうし、ホールにも出ざるを得ないだろうからって」

なるほど……。

提案した愛沙もホールで獅子奮迅《ししふんじん》の活躍を見せているしな……。大正ロマンあふれる服装、髪型に思わず見惚《みと》れそうになる……いや見惚れていた。

いつもと違うというだけでも可愛《かわい》い。だがそんな贔屓目《ひいきめ》なしでも、愛沙は着物姿がかなり似合っていた。

「でも……皆の提案でそろそろ二人とも休憩」

「え？」

「はいはーい！　藤野くん交代だよ！」

「東野《とうの》？」

あれ？　シフトでは……。

「良いから良いから。ほらほら康貴くん、さっさと行って！」

「秋津も……いやでも……」

「大丈夫大丈夫。それに私一応カフェで働いてたことあるんだよ？　あとほら、午後の部はちょっと趣向を変えるから」

悪戯《いたずら》っぽく笑う秋津。

まあ二人が言うなら良いだろう。

「じゃあ着替え――」

「だめだめっ！　そのまま行くの！　愛沙と一緒にね！」

「え？」

「あとはほら、これ背負って……良しっ！　完璧！」

これは……。

背中に付けられたのは……宣伝の張り紙？　なるほどそういうことか。

「いい？　ちゃんとみんなにアピールするように、ゆーっくり周ってくるんだよ」

東野が子どもに言い聞かせるように言う。

「ま、こっちのことは気にしなくていいから！　みんなが慣れないことに手間取ってる間ほとんど二人で回してくれたんだしさ、ちょっとくらい羽伸ばして来いってことで！」

張り紙が貼られた辺りの背中を秋津がバンバンと叩《たた》きながらそう言う。

なんというか……まあ女子にはバレバレということか。いや男子もだろうか……。

「お、丁度いいところに戻ってきた」

「え？　二人ともいま休憩じゃ……なんで？」

「愛沙《あいさ》と康貴くんはこれから宣伝係ってこと！」

秋津が俺の肩を摑《つか》んで愛沙のほうに背中を向けさせた。

それで全てを悟った愛沙は……。

「もう……」

それだけ言って頰を染める。

着物姿によく似合う大きなリボンの髪飾りが揺れていた。

その様子に思わず東野がこう言う。

「これ……明日のミスコンはもらったわね」

学園祭を通しての総合優勝に向けた大一番。

愛沙と隼人《はやと》はうちの二枚看板として活躍が期待されて……あれ？

「これ、隼人がやったほうが良かったんじゃ……」

「わかってないなぁ、康貴くんは」

まあもちろん愛沙と出歩けるならそれはありがたい。ただ気を使ってくれたのは二人だけじゃないと思うと申し訳ないと思っていたら……。

「隼人はもっと美味《おい》しいところ持って行かせるから、安心しといて」

また秋津はニヤッと笑いながら、そんなことを言っていた。

◇

愛沙と二人、文化祭に沸く校内を歩く。

二人ともクラスの宣伝のためという名目で衣装をそのままにして送り出されたせいで妙に目立って注目を集めていた。

にしても……。

「なによ……」

顔を赤くして、愛沙が俺から目をそらす。

そんな仕草も含めて、その新鮮な衣装が……。

「いや、めちゃくちゃ似合ってる」

「――っ⁉　不意打ち禁止」

「不意打ちというわけではないんだけど……」

「と、とにかくっ！　もうっ！　見られちゃうでしょ！」

確かにそれでなくても目立っていたのに突然顔を赤らめた愛沙にさらに注目が集まったのは事実だった。

「行くわよっ」

その場から逃げるように愛沙が俺の服を摑んで早足で歩き出す。

「行くってどこに⁉」

「……とにかくここじゃないところ！」

愛沙が早足で動き出したので変に距離ができて、それでも離れそうになると服の裾だけはキュッと握ってくる愛沙になんとも言えない気持ちになってくる。

「じゃあ……まなみのところでも行くか」

「あっ！　行きたいっ！」

逃げるように動いていた愛沙がぱっと振り返って笑う。

ほんとにまなみのこと、好きだよなぁ。

「まなみのところは確か……」

「あ……」

愛沙の足が急に重くなる。

理由はわかる。まなみたちのところの出し物が問題だった。

だがまあ、そんなに馬鹿みたいに広い校舎というわけでもなくすぐに目的地にはたどり着いてしまう。

「あ！　お姉ちゃん！　康貴《こうき》にぃ！　いらっしゃーい！」

「わー！　先輩かっこいい！　愛沙先輩もそれ、似合い過ぎじゃないですか⁉」

「あ、ありがと……」

三島《みしま》さんに褒められて思わず愛沙が固まる。

「ふふ！　うちも結構人気ですからね！　遊んでいってください！　三枝《みえ》ちゃんが本気を出した超本格お化け屋敷《やしき》ですからね！」

「お姉ちゃんにはちょーっと大変かもだけど、康貴にぃに助けてもらってね」

「わっ……ちょっと、康貴、ねえ？　やっぱり……」

「はーい！　いってらっしゃーい！」

そう言って半ば強引に懐中電灯を渡されて教室に押し込まれる。

「うう……」

「怖いなら目をつむってしがみついててくれていいから」

「あっ……」

怖がる愛沙の手を取って、身体《からだ》を抱き寄せた。

なんかこれも、まなみの手のひらの上のようだったけど……。

「にしても……ほんとにすごいな」

元が教室だったとは信じられないくらいには不気味な雰囲気に、八洲《やしま》さんの本気度が窺《うかが》えた。

応援団の時に怖いものが好きだと言っていたからな……。

「ちょっとずつ歩くからな」

「うん……」

痛いくらいギューッと愛沙がしがみついてくる。

ほんとに苦手なんだな……。

――ガタガタッ！

「きゃっ⁉　なにっ⁉　なになに⁉」

「大丈夫大丈夫、ちょっと模型が動いただけ……あれ？」

保健室においてあるはずの人体模型が不気味に音を立てて動き出す。

「どういう仕組みだっ⁉　って、追いかけてきてる⁉」

「えっ！　康貴⁉　大丈夫なの⁉」

愛沙がもうほとんど完全に抱きついてきていた。これまでもくっついたことはあったけど、こうもしっかりと密着したことなんてそうそうない。

色んな意味でドキドキする状況だが……今は……。

「逃げたほうが良《い》いみたいだから、ちょっとごめんな」

「えっ⁉　きゃっ」

愛沙を抱きかかえて人体模型から逃げることにする。

「大丈夫か？」

「うん……」

腕の中で愛沙がしっかり俺にしがみついてくれていて、これがたとえまなみの計画通りだったとしても幸せな気持ちになれていた。

本気で怖がる愛沙には申し訳なかったけど……。

◇

「楽しんでいただけましたかー？　先輩！」

「ひゃっ⁉」

あの後も全てのトラップに驚かされっぱなしだった愛沙は、三島さんに声をかけられただけでビクッとなるほどになってしまっていた。

「あはは。その様子だと楽しんでいただけたようですな」

まなみが満面の笑みで、主に俺の方を見ながらそう言う。

全部わかっててやったな……。

「ちょっと休憩してきたらどうかな？　私のオススメは野球部のストラックアウトとサッカー部のリフティングチャレンジかな！　勝てたら食べ物もらえるよ！」

「それ、食べ物もらえるのはまなみだからだろ……」

「ふふ、まあまあ。二人とも楽しんでねー！」

「あとで私たちも先輩たちのところ、行きますね！」

元気よく送り出される。

ひとまずまなみに言われたとおり、休憩所で考えることにした。

近くに休憩所として開放されている教室があったのでそこで案内図を広げる。

二人で小さい紙を覗《のぞ》き込むせいでかなり密着することになったんだが、さっきあれだけくっついていたからか、それともさっきの余韻でまだ離れたくないのか、愛沙が遠慮なく身体を寄せてくるのでこちらも気にしないようにすることにする。

「準備のときは自分たちのことで手一杯だったけど、色々あるわね」

「そうだな」

隼人がいるはずのサッカー部はたこ焼き屋をやっていて、部員にリフティング勝負で勝つとタダでもらえるとかで盛り上がってると休憩所に来た人の声が聞こえてくる。

野球部も似たような感じでストラックアウトをやっていたり、真《まこと》の剣道部も焼きそばが好調に売れているようだ。

他にも色々、面白そうなところはたくさんあった。

「ここも楽しそうね」

「飯も食っておきたいよな」

「回りきれるかしら……」

ついにはそんな心配が出るくらいには、行き先がたくさん思い浮かんだ。

それと同時に……。

「どうしたの？」

「いや……」

改めて、愛沙の人気っぷりを再認識した。

コスプレ衣装のせいというのもあるが、それを除いても愛沙は本当に目立つんだ。

誰が見たって美少女の愛沙。今も周囲から突き刺さるような羨望《せんぼう》の眼差《まなざ》しを向けられていることがわかった。

そんな考えが伝わったかどうかはわからないけど、愛沙がこんなことを言い出す。

「ねえ康貴、気づいてる？」

「ん？」

「さっきから他校の女子、康貴のほうばっか見てるわ」

「え？」

　一瞬驚くがすぐに納得した。

「この衣装のせいだろ？」

「むぅ……そうじゃないわ。あれは……」

　愛沙《あいさ》がより密着してくる。

「それを言うなら愛沙のほうが目立ってるからな」

「えっ⁉」

　ほんとに自分のこととなると無頓着というか……。

「ま、ここにずっといるより動いたほうがいいみたいだな」

「そうね」

　愛沙の手を取って休憩所を離れる。

　相変わらず愛沙を追いかけるような目線を感じていたが……。

「ふふ……」

「なんだよ」

　突然笑い出す愛沙に首を傾《かし》げる。

「楽しみね？」

不意打ちだった。そう言って笑う愛沙の顔はなぜか輝いて見えるくらい、綺麗《きれい》で、可愛《かわい》かった。

「手、繋《つな》いだままでいい？」

身体を起こすために握った手を指して愛沙が言う。

改めて聞かれると恥ずかしいな……。ただ、ちゃんと答えよう。

「ああ」

愛沙は満足そうな顔でそれを受け入れてくれた。

手を繋ぐのなんて初めてでもなんでもなかったが、ただそれだけでこれまでにないほどドキドキさせられた。

◇

「いらっしゃいませー！　あ、おかえり……！」

ひとしきり文化祭を楽しんだあと、自分たちの教室に戻ると……。

「有紀《ゆうき》、大丈夫だったか？」

「うん……みんな、随分慣れてくれたし、仕込みは康貴くんがしてくれたから……」

初めて教室に入ったときを思えば、かなり大きな変化が、有紀に起きていた。

「コーヒーってこれで良いんだっけ⁉　入野《いりの》さーん」

「今行く……！　じゃあまた後で……」

「ああ」

何度も深呼吸をしなければ喋《しゃべ》り出せなかった有紀が、今ではクラスの主戦力として、イベントを引っ張っているのだ。

体育祭はただ出て言われたままに競技をこなせばそれでも活躍できたが、今日はそうではない。

普段からやっていることとはいえ、クラスメイトを引っ張ってまとめていくなんて……。

「変わったわね、有紀」

「そうだな……」

きっと、いい方向に。

ただ残念なことに、そんな感慨を吹き飛ばすようなものが視界に入ったのでそちらに話題を移した。

「で……」

「微妙な顔しないでくれ！　せめて笑え！」

目が合ったのは隼人《はやと》。

女子と同じ着物に白エプロンを付けられ、ご丁寧にウィッグまで付けられたイケメンが、そこにはいた。

「似合ってるんだよなぁ」

「やっぱり康貴《こうき》もそう思うか」

「やめろ！」

横に立った真が同意してくれる。

真の格好は普通の男子と同じく、特に衣装を着ることもなくジャージに三角巾とエプロンという調理実習のときのスタイルだ。

「あっ、二人ともおかえりーー　ホールは二人が活躍してるから裏方の方に来てほしいんだけど」

「わかったよ」

「康貴！　お前だけずるいぞ！　一緒に女装の道連れになれ！」

「こういうのは隼人がやるから面白いんだろ。ほらお客さんが呼んでるって」

「くそー……大変お待たせいたしました」

なんだかんだ言いつつもしっかり接客をこなすし、お客さんもこういう文化祭特有の雰囲気は前向きに楽しんでくれている。

普段かっこいいサッカー部のエースとして学校中に認知されてる隼人だからこそ話題になっていいんだろう。

横に現れた東野《とうの》がこんなことを言ってるし。

「明日のコンテスト、ミスターはもらったわね。ミスコンも愛沙以外に伏兵が現れたし」

まあ確かに、今の有紀の姿を見ているといいとこまでいきそうな気がした。

むしろ球技大会、体育祭での目立ち方を思えば、最近転入してきたというハンデなんて関係ないほどの知名度になってきている。

とはいえ、去年二年生で優勝した会長がいる以上、二位争いという感じがするのは否《いな》めないんだが。

そんなことを考えながら裏方に回ると……。

「お、暁人《あきと》がサボらずやってるのか」

「そりゃ逃げられねえのに無駄に逃げたりしねえよ。ちゃんと休憩はもらったしな」

そう言いながら携帯の画面を見せてくる。

ああ……俺が見たときから連絡先の登録数が十は増えていた。

「ほらほら－！　サボるなー？　暁人くん！」

「わかってるよ。これそっちのお客さんのだろ、持っていってくれ」

「おお、ちゃんと仕事してるじゃん！」

なぜか知らないが秋津《あきつ》には逆らいにくい雰囲気になってるのが面白い。まぁ秋津は割と、誰に対してもうまくやるか。

「こっちがまだ出てないオーダーだよな」

「ああ、康貴が来たからちょっとサボれるか？」

「秋津ー、暁人がサボろうと――」

「ばっか！　やめろ！　ほんとに来るだろうが！」

なんだかんだそんなやり取りをしながらも、裏方は裏方で楽しく回っていた。

「さ、もうひと頑張り！　この分だと文化祭アンケートもいい感じだろうし、頑張ろー！」

東野の掛け声でそれぞれ気合を入れ直した。

俺も遊ばせてもらった分、しっかり頑張るとしよう。

落とされた爆弾

学園祭も一日目が無事に終わり、応援団だからと押し付けられた備品移動でやってきた倉庫に、なぜか有紀がいた。

「あれ？」

「どうしたんだ？」

「これ……」

そう言って差し出されたのは缶コーヒー。

「ありがとう……？　でもわざわざなんで……」

「……」

俺の問いかけには下を向いて答えない有紀。仕方ないのでこちらから話を振っていく。

有紀とのやり取りでこんなことは今までも何度もあったからそう気にはならない。

「あー、ごめん。手伝いに来てくれたのか」

「……」

俺がそう言うと、いつものように控えめにうなずくかと思ったが……。

差し込む日差しに照らされた有紀が、何も言わず、ただ真《ま》っ直《す》ぐに俺を見つめていた。

「有紀？」

「すうー……はぁー……」

初めて教室に入ったときと同じように、深呼吸をする。

いや、同じではないことは、その表情から察せられた。

あのときは何かから逃げ出さないことに必死だった、後ろ向きな深呼吸だった。今目の前にいる有紀から、そんな後ろ向きな感情は感じ取れない。

これは何かと戦うための、前向きな深呼吸だった。

「ごめん、ね。急に」

「いや……」

なんて言ったら良《い》いかわからず固まる俺を他所《よそ》に、有紀は俺に一度背を向けてブツブツと何かを言ってから……。

「よしっ」

と一言言うと、再びくるっと回転し、こちらを向いた。

「明日のミスコン……優勝特典がなにか、知ってる……よね？」

気持ちを切り替えてなお、恐る恐るといった様子でそんなことを聞いてくる。

意図はわからないけどとりあえず質問には答えよう。

「優勝特典？　あー……」

慣例として、ミスコン優勝者に与えられる特典の話だとすれば……。

「後夜祭、キャンプファイヤーで指名した相手と一緒に過ごす、だよな？」

「うん……」

有紀が控えめにうなずく。

「でもあれって、もう形式上の話だからな？　ステージで指名しないといけないし、恥ずかしがってわざわざやらないぞ？　誰も」

去年の会長もはぐらかしていたはずだ。「私はみんなと過ごしたい」とか言って。

だからまあ、毎年誰も気にすることがないと思っていた。

有紀のあの大きな瞳が、大部分が髪に隠れながらも、それでも俺を逃すまいとしっかりこちらを向いている。

――そして
「ボクが勝ったら、康貴くんを選ぶよ」

「えっ……？」

それは突然の、言ってしまえば宣戦布告だった。

「いや、なんで……」

「わから……ない？」

吸い込まれそうになるその瞳が、真っ直ぐ俺にぶつかってくる。

球技大会、体育祭の活躍で、いまや有紀《ゆうき》は注目の転入生。

確かにミスコンで今、会長以外の候補はもう、愛沙《あいさ》と、有紀くらいだろう。

だから現実的に、こんな話をすることに……いや……これは今、意味のない考えだ。

目の前で起きていることをなかなか受け入れられなくて、目を背けようとしているだけだった。

でもそれは、今の有紀の覚悟から目を逸《そ》らすことになる。

目を見ればわかる。そんなことは絶対に許されないことは。

「俺は……」

だから……はっきりと、有紀に答えを告げなければと、迷いながらも口を開こうとしたんだが……。

「待って！」

決意を固めた俺を、有紀が慌てて手で制した。

そのまませき止めきれない言葉が流れ出るように、有紀はその言葉を告げた。

った。

「ボクは、康貴くんのことが、好き……だよ」

夕陽《ゆうひ》に照らされた有紀が、消え入りそうな儚《はかな》いあの美少女が、はにかみながら、そう言った。

言わせてしまった。直球の想《おも》いに思わずたじろいだ俺に、有紀が畳み掛ける。

「康貴くんが、愛沙ちゃんのことが好きなのはわかってる。だから、ボクは皆の前で宣言して、少しでも……その……」

「有紀……」

それでも俺は、その想いには……という考えが伝わったのか、再び有紀が俺の言葉を遮った。

「だめっ……今は、言わないで……」

俺の言葉を制するために出したその手が震えている。

「……わかった」

うつむく有紀に、俺から声はかけられない。

「明日……」

うつむいて、震える有紀。だが、今の有紀は、そこで折れるような状況じゃない。

絞り出すように、続けてこう言った。

「ボクのことも、見ててよ」

と。

「……わかった」

そのまま、やはりいつもの小動物のような動作でダッと駆け出して、あっという間に有紀の姿は見えなくなる。

「ふぅ……」

有紀からもらった缶コーヒーを開ける。

慣れたと思ってたけど、やっぱマスターが入れるのと缶コーヒーじゃ全然違うな。当然だけど。

「苦い……」

あの有紀が、震えるほどの緊張を我慢して、俺にぶつかってきたわけだ。

そして明日、さらに無茶をするつもりでいると言う。

このまま俺が何もしないというわけには、いかなくなった。

「ミスコンか……」

いくらなんでも俺にその舞台で戦うような力はないけど……。

「同じくらい目立つ覚悟は、しておいたほうがいいな」

元はと言えば、俺がもっとしっかりしておかないといけなかったんだ。

愛沙との関係を言わなかった理由のほとんどは、勇気がなかったから。

目立つからだとか色んな理由もあったけど、そんなのも全部、不安にさせた俺の問題だろう。

「よし……」

グイッと、一気にコーヒーを飲み干す。

苦い。でもその苦みが、今の自分には心地よい気もした。

口に残る苦みが、頭をスッキリさせてくれる。

「頑張ろう」

空き缶をゴミ箱に捨て、誰に言うでもなくそうつぶやいて、教室に戻った。

明日、文化祭二日目は、長い一日になりそうだった。

文化祭二日目

文化祭は無事終了し、あとはいよいよ行事全体の総合順位発表だけとなっていた。

結果発表前の集計時間と前座として行われるのが、ミスター・ミスコンテストだ。

「おめでと、隼人《はやと》」

「ありがと……いやでもこれ、なったらなったで面倒だぞ？」

隼人はステージ上で多彩なリフティングパフォーマンスを見せ、見事上級生を押さえてミスターの座を獲得し、客席に戻ってきていた。

「女子の部も期待だなー。うちのクラスは二人も出てるし、どっちかが勝ったらうちのクラス、総合優勝だろ？」

いつの間にか現れた暁人《あきと》と真《まこと》が交ざった。

そう。行事全体を通じての得点争いはクラス対抗戦なのだ。

ポイントを取れる最後のイベントがこの、ミスコンになる。

すでに予選が終わり、残すは五人の本選出場者による決戦だけだ。

「まなみちゃんも普通にしてれば残れたのになぁ」

「普通にできないところがまなみだからな」

「えへへー」

愛沙と有紀がステージに残る中、まなみは予選敗退という形になった。

もちろん一年生だからというのもあるんだが、アピールタイムに暴れすぎて途中退場となったわけだ。調子に乗って三回転半宙返りとか挑戦しようとし始めていたからな……。

ごめんな司会進行の東野《とうの》……。

「さて、じゃあクラスの二人を応援するとするかな」

「おっ！　ここにいたのかー」

「二人とも、残ったのすごい」

秋津《あきつ》と加納《かのう》も客席に加わる。

賑《にぎ》やかなメンバーに囲まれて、ステージに上る愛沙たちを見た。

五人の本選出場者は愛沙と有紀以外上級生だ。

「一年のときから注目されてた美少女枠だよなあ。高西《たかにし》は」

暁人がそう言う。

「でもさっ、有紀もすごいよね。この短期間でこんなに票が集まっちゃうんだから！　この行事の活躍でもう、運動部で争奪戦が起きてるらしいよ！」

「まあでも本命は会長だよなあ。歴代でも類を見ない絶大な人気で当選したわけだし、去年のチャンピオンだし」

「……他の二人も、新体操全国大会出場の天才、女子票も入りやすいモデルやってた先輩」

こうして並べるとほんとに、錚々《そうそう》たる面々だな。

「オッズで言えば一番苦しいのが高西かもだけど、康貴《こうき》はどう思う？」

晩人がそう問いかけてくる。

「愛沙を応援するよ」

そう、はっきり答えた。

「へえ」

周りの視線が生暖かい。

だが仕方ないだろう。これだけの人数の視線を集める愛沙に比べれば、その中で覚悟を決めた有紀と比べれば、俺のこの一歩なんて本当に些細《ささい》なことだ。

だが……。

「やっと男の顔になったたな」

晩人にとっては、大きな一歩に見えたのか、肩を組んできて、珍しく真剣な表情でそう言った。

◇

「さーて今年の学園祭もいよいよ最終盤！　あとはこのミスコンと後夜祭での表彰を残すだけ！　大いに盛り上がってくださーい！」

本来なら会長がやるんであろう司会役だが、本人が本戦出場ということもあって副会長の東野が担当することになっているようだった。

「東野って喋《しゃべ》るの上手《うま》いよな」

「まあもう慣れちゃったって言ってたよ、藍子《あいこ》」

「そういやミスコンは本戦でパフォーマンスないんだっけ」

「ん……。歩いてきて、ちょっとだけマイクで話して、下がっていく」

予選では隼人がリフティングをしたり、まなみがバク転をしたりというパフォーマンスタイムが設けられていた。

といっても、パフォーマンスのために出てきてる層はほとんど賑やかしみたいなもので、愛沙を含めた本選出場者はほとんどが立ってるだけといっていい状態で予選を上がってきている。

やっぱり重要なのは容姿と知名度になるわけだ。

本戦はさらにシンプルだからこそ、そこに人柄を想像して、あるいはもう容姿一本だけの印象で、順位が決まる。

まあ実際にはここに残ってる時点で情報は出回っているというか、その情報量がぶつかり合う知名度投票でもあるんだが……。

「衣装は変えられるんだろ？　高西は文化祭で着てたやつらしいけど……」

真がそう言いながら、有紀《ゆうき》はどうするのかという思いを込めてこちらを見てくる。

「有紀は自分で用意したのがあるって言ってたから良《い》いんじゃないか？」

「そうか」

多分カフェの制服だろうとは思うけど、有紀も詳しいことは言ってこなかったからな。

「まあとりあえず、全員の衣装を見て、挨拶を聞いて、って感じだな」

暁人の言う通りまあ、それを待たないとどうしようもないからな。

東野の宣誓で、ミスコンが始まった。

「早速エントリーナンバー一番！　鈴森令奈《すずもりれな》さんですー」

学年順に番号が割り振られていて、一番は前年度優勝者、会長だ。

「すげぇ人気だよなぁ」

「まあそりゃ、毎週前で見てるから知名度が違えよなぁ……」

隼人たちが言うように、会長の人気は他を圧倒している。朝礼のたびに壇上で喋るという知名度の問題ももちろんあるが、それ以上に、人を寄せ付ける天性のカリスマ性があるのだ。

衣装もあえていつもの制服姿だというのに、それでも特別な何かを感じさせるオーラがあった。

「さあ一言、みんなに向けてメッセージをお願いします！」

「ありがとう藍子」

会長がマイクを受け取る。

「さて、まずは一週間も続いた行事、皆お疲れ様！　楽しめたかい？」

会長の呼びかけに体育館から叫び声にも似たような回答がこだまする。

「それは何より！　あとはこのミスコンと総合順位発表くらいだけど、どんな結果でもここまで楽しんでやってきたことが大事だからね！　最後まで楽しんでっ！」

「うぉおおおお！」

「鈴森会長ぉおおおお！」

もとの人気のおかげで、今の挨拶だけで十分すぎるほどの盛り上がりを見せている。

見ていた暁人がこんなことを言うくらいだ。

「これ、次に出てくるのが可哀想《かわいそう》だな」

「どうかなー？　全員人気者だからね」

秋津の言葉が耳に入ってきて、改めて俺はここに出る愛沙《あいさ》のことを考えていた。

こんなところで前に出るって……とんでもないことだよなと思う。少なくとも今、この学園で五番目以内には人気の女子と、俺は付き合ってるわけだ。

その後の先輩たち二人は、新体操のユニフォームであるレオタード姿と、文化祭の劇で使ったであろう派手な衣装を身にまとって、会場を盛り上げていた。

ただそれでも、会長ほどの盛り上がりにはならなかったのがあの人のすごいところだろう。

そして、ここからが俺にとっては本番だった。

「さあ、ここからは二年生です！」

愛沙の出番だ……。

「おお、やっぱ可愛《かわい》いな」

「あの衣装いいよなぁ」

「文化祭で行ったけど対応も良かったよー」

そんな好意的な声があちこちから聞こえてきたことに何故《なぜ》か俺がホッとしていた。

こちらのほうが緊張してしまうくらいだというのに、舞台の上の愛沙は落ち着いて見えている。

よどみなく前に進み出てマイクを受け取る愛沙。

付き合う前……いや、こうして話すようになる前から、俺は愛沙のことを、目で追っていた気がする。

この綺麗《きれい》な姿勢や歩き方に、意識していなくとも目を奪われていた瞬間があったと思う。

マイクを受け取った愛沙のその声ですらそうだった。

愛沙がここに選ばれたのは、もちろん容姿が抜群に整っていたからというのもあるが、おそらくこういう、誰もが一瞬目を奪われる何かがあったからだと思う。

俺は内心、ずっと、こんな子が幼馴染《おさななじみ》なんだぞと自慢したいような気持ちと、こんな子の幼馴染だというのに、という後ろめたい気持ちがせめぎ合って、愛沙から目を逸《そ》らし続けていたのかもしれない。

「……康貴くん、大丈夫？」

「っ⁉　ああ、秋津か」

「そんなに、見惚《みと》れてたの？」

加納がからかってくる。何故かその時の俺はそこで……。

「そうかもしれない」

馬鹿正直にそんなことを答えていた。

「おー、これはあとで尋問ですなぁ」

「ま、今は次の入野《いりの》に集中しねえとだからな」

秋津が楽しそうに笑って、暁人《あきと》もニヤッとこちらを見ていた。

「有紀の番か」

暁人の言う通り、今はこっちに集中しよう。

ちゃんと見るって、約束したからな。

心配そうにステージを見上げるまなみに俺はこう言った。

「大丈夫かなぁ……」

「大丈夫だろ、有紀なら」

昨日のことを思えば、有紀はもう、大丈夫だと思う。

クラスメイトたちも最初の有紀を知っているから心配そうな表情をしているが、俺だけは有紀がここで何もできなくなるようなことはないと、確信していた。

今の有紀は、あの頃のヒーローみたいだった格好良さと、それでいて小動物のように護《まも》りたくなるような可愛らしさを兼ね備えた、無敵の存在だ。

そんな風に、おそらく会場で一番期待していた俺ですら、有紀が出てきた時言葉を失った。

「えっ……」

こちらの予想なんて、簡単に超えてくるのが、あの頃の有紀のようだ。

「あれ……ほんとに有紀……よね？」

「わぁ……有紀くん、綺麗……」

真紅のドレスを身にまとって、いつも前髪で隠していたあの大きな瞳も今日は隠すことなく、有紀は舞台に現れたのだ。

カフェの制服くらいしか選択肢はないと思っていた俺の予想は大きくはずれた。

それに……。

「あれ、あの時あげたピン、だな」

黄色いピンで留められた髪を見つめる。

旅館で見つけて、お土産として渡したあのピンだった。

「それでこそ、有紀だよなぁ」

やっぱりあの頃のように、こちらの予想なんて追いつかないことをするのが、有紀なんだ。それでいてしっかり、こちらを見ていてくれる。

ドレスも髪型も、何もかも予想外のことをしてきて驚かせたのに、あのときのピンだけは、しっかりこちらを見ているんだという主張を感じさせるものだった。

「まなみ、あれ聞いてたのか？」

「うん！　実はもう、レコード会社に声かけられて、今度あれ着てステージに立つんだって。だから今日はその練習」

「すごいな……」

まなみはこれを知っていたからこそ心配していたんだろうか。

俺からすれば大変過ぎるこの舞台が、有紀にとっては練習ということがもう、有紀の存在を大きく見せている。

「というか……あんなにおっぱいあったの？　あの子」

「……すごい」

「そっちはともかく、髪上げてるとあんな変わるのかよ……」

それぞれクラスの人気を博している秋津《あきつ》、加納《かのう》、隼人《はやと》が驚くほど、有紀はまるでいつもの有紀ではなかった。

髪を上げ、あの大きな瞳を隠さずに出した有紀は、愛沙が羨むほどの美少女なんだ。

そしてパーティードレスのせいで、これまで全く意識するようなことのなかったスタイルの良さまでアピールポイントに使ってきた。

有紀の本気度が、これでもかと現れている。

それでもなお、有紀らしさを感じるのは、俺が以前の姿を知っているからか……それとも、昨日、変わったところを見せられたからだろうか……。

「すごいイメージチェンジですね！　では、挨拶をどうぞ！」

東野《とうの》も驚いた顔をしたものの、流石《さすが》にうまくつないでマイクを渡す。

……マイク？

――次の瞬間だった。

「え……すげぇ……」

「何だあの子、めちゃくちゃ歌上手《うま》いぞ」

「待って、あれどこかで聴いたことある……！」

有紀が受け取ったマイクで、アカペラを披露した。

瞬間、体育館は思わぬ歌声にざわめき立ち、そして一瞬、シンと静まり返り――

「やっぱり！　あれ、ゆきうさぎよ！」

「なんかわかんねえけどすげえぞ！」

「うぉおおお！　しかもあんな可愛いって！」

体育館は大歓声に包まれた。その歓声は間違いなく、会長のときのそれを超えていた。

たったワンフレーズ。

挨拶を求められて、歌ってはいけないという決まりなど確かにない。

だが他の人間がそれをやっても、こんな結果にはならなかっただろう。

すでに結果を出した有紀《ゆうき》だからこそ、有紀が持っている圧倒的な歌唱力だからこそ、そしてこの場で、それをやりきれる勇気があったからこそ成り立った、そんな圧巻のパフォーマンスだった。

◇

「優勝は！　入野有紀さんです！」

東野のアナウンスに体育館中の生徒が沸いた。

「ほんとにやりやがった……」

「会長に勝ったのか……」

「すごいねぇ、もうレコード会社が声かけたって聞くと、なおさら……」

「ん……」

それぞれが言葉にならない感慨に浸っていた。

実際、この結果には文句など出ないだろう。

今日の主役は、間違いなく有紀だった。

「やっぱり歌がすごかったですねー！　早速優勝者インタビューに行きたいと思います」

昨日の話を思い出す。

――「ボクが勝ったら、康貴《こうき》くんを選ぶよ」

有紀なら、本当にやるんだろう。

だから俺も、覚悟を決めざるを得ない。

「では優勝者インタビュー！　おめでとうございます！」

マイクを受け取った有紀と目が合う。

幼馴染として駆け回った、あの頃の男友達で、ヒーローだった有紀とは違う。

この学園に転入してきて、おどおどして俺の後ろに隠れていた、小動物のような有紀とも違う。

ドレス姿で、いつも隠していたあの目でこちらを見つめる有紀は、俺の知るどの有紀とも違っていて、でも間違いなく、俺だからわかる、有紀だった。

「ありがとう、ございました」

ドレス姿で、優雅に一礼する有紀は、それだけでもう、見るものを惹《ひ》きつけ、大歓声を沸き起こす存在になっている。

「さてさて！　メインイベントですよ！　優勝者はこの後の後夜祭を一緒に過ごす相手を指名する権利がありますからね！　今年のミスと熱い後夜祭を過ごす栄誉を手にするのは誰だー⁉」

東野が煽《あお》る。

もちろんこれはパフォーマンスで、去年の会長のように、当《あ》たり障《さわ》りのない回答をするものだと、誰もが思っていたはずだ。

「ずばり！　後夜祭は誰と⁈」

この時点で、この後の回答を予想できたのは、おそらく本人と、俺だけだったと思う。

それでも会場は一度静寂に包まれ……そして……。

「同じクラスの、藤野《ふじの》康貴くんです」

有紀の口から俺の名前が出た瞬間、体育館は再びどよめいた。

有紀の視線を追って、周囲の視線は一斉に、俺の方へ向かってくる。覚悟してても意外とクルな……これは。

「誰だよアイツ……」

「なんか幼馴染《おさななじみ》だって……」

「くそぉ、ずりぃなぁ」

「おいあっちの高西《たかにし》とも幼馴染だって言ってたぞ！」

「なんでだよぉおお」

体育館中からの怨嗟《えんさ》の声が、俺に降りかかるようだった。

「な、なんとー！　ご指名が入りました！　まずは藤野康貴《こうき》くん、舞台へどうぞ！」

ないとは思っていながらもしっかりこのとき用に準備をしておいて対応するのが東野らしい。

俺が前に出ようとすると……。

「康貴にぃ……」

「大丈夫か？」

まなみと暁人の声、いや、声を出さずとも全員が心配そうに俺を気遣ってくれていた。

なんなら隼人と真《まこと》は周囲から怨嗟が漏れ聞こえてきた辺りから、俺のことをかばうように間に立ってくれてすらいたからな。

でも、有紀の頑張りに比べればこの程度、全然大したことはなかった。

「大丈夫」

緊張はする。ちょっと手が震える。

学園中の注目を受けながら歩くなんて機会、そうそう……いや、もう今後ないことを祈りたいくらいだが……今日だけは、やらないといけない。

舞台袖を抜けるところで、愛沙《あいさ》を見つけた。

「康貴……」

やっぱり心配してくれている愛沙の前で一度、足を止める。

「実はさ、こうなるかもなって、昨日から思ってたんだ」

「それって……」

「ごめんな、言ってなくて……。昨日、有紀に宣言されてた」

愛沙が一瞬目を見開く。

「そう……なら……」

「心配しないで、待ってて欲しい」

「うん」

そう告げた愛沙は、笑って俺を送り出してくれる。

あの頃のように、俺たちを見守る姉のような表情で。

「来てくれました――！　さて！　指名された側はこの話を受けて一緒に後夜祭を過ごすか、それとも！　他に一緒にいたい人がいるなら、その人を指名して断ることができます！」

有紀も当然、この話は知っていたはずだ。

その証拠に、今の話に驚きもせず、覚悟を決めた顔でこちらを見つめ続けていたから。

その大きな瞳を見つめる。

この距離で、髪に隠れていない目としっかりと向き合ったのは初めてだった。

「あいつか！」

「くそ――……俺たちの入野《いりの》さんが！」

「いやでもこんなん、断れるわけねえだろ」

あちこちからそんな声が聞こえる。

そう。とてもじゃないけど断れる雰囲気じゃないんだ。

ここで別の相手の名前を出すということは、公開告白と同じだから。

だがそれを今、有紀はやったんだ。

「では！　藤野康貴くんにお返事を頂きましょう！」

東野からマイクを渡されると同時に心配そうに「大丈夫？」と耳打ちされた。そんなに緊張して見えてたかと、少し気持ちが軽くなった気がする。

舞台袖を見る。愛沙も不安そうにこちらを見ていた。

大丈夫と笑いかけて、俺は有紀と再び目を合わせる。

「康貴、くん……」

この距離に来たから、わかってしまう。変わったと思っていた有紀も、やっぱり変わっていない部分だってあることを。

有紀も怖くて、震えていて、その表情はいっぱいいっぱいで……。

だからまずは……。

「選んでくれてありがとう」

「……うん」

有紀がはにかんで顔を下に向ける。

その仕草すら、会場を盛り上げていた。

改めて顔を上げた有紀と、そして舞台袖の愛沙と目が合う。

それだけで二人とも、俺の答えは理解してくれたようだった。

転入してきたときの有紀は、クラスメイトに自己紹介すらままならない状況だった。

それが今や、全生徒の前でこうも堂々としていられるようになった。

まさにあの頃と同じ、俺にとってのヒーローだった頃の、格好いい有紀が目の前にいる。

会場の盛り上がりも最高潮に達し、いよいよ断れない空気が完成されていく。

それでも……俺は目の前の俺のヒーローに、応えなくちゃいけない。

今の有紀ならもう、大丈夫だと信頼したからこそ、俺はこう答えた。

「でも俺は、有紀とは……過ごせない」

体育館の空気が凍った。

そしてその凍った空気がすべて突き刺さって、俺を押しつぶすように重くのしかかってくる。

それでいい。全部俺に向かってくれ。ここまで頑張った有紀に、もう注目が集まらないように。

「俺は、愛沙と過ごすから」

「……はい」

有紀がここまで頑張ったからこそ、俺は有紀を信じられた。

俺がこうして堂々と愛沙の名前を呼べたのは、有紀のおかげだ。

東野《とうの》に目配せをして、有紀のことを頼んでから、俺はマイクを持って愛沙を呼んだ。

「愛沙！」

戸惑う愛沙だが、俺と目が合って冷静さを取り戻してくれた。

「はい……」

有紀《ゆうき》と入れ替わるように、愛沙が舞台袖からこちらにやってくる。

「よーし！　じゃあ改めて！　藤野くんからのご指名です！」

有紀を舞台袖に連れていき、戻ってきた東野が場をつないでくれる。

舞台袖では会長が有紀を抱きながら、こちらにグーサインを出してくる。有紀も大丈夫そうだ。

「では！　藤野くん、お願いします！」

東野のアドリブに救われながらも、俺はようやく、愛沙と向き合って、こう言った。

「俺は……愛沙と一緒に過ごしたい」

「私も……康貴と……過ごしたいです」

思わず泣き出しそうになる愛沙を隠すように抱きしめて、あとのことは東野にまかせて俺たちも舞台袖に逃げていった。

◇

「康貴《こうき》？」

「ああ、愛沙」

後夜祭。

グラウンドの中央には巨大なキャンプファイヤーが灯《とも》され、あちこちで生徒たちが盛り上がっている。

「考えごと？」

「まあ……」

「ふふ」

「おい」

愛沙が無防備に、俺の膝の上に頭を乗せた。

「今日は多分……許してもらえるから」

「まあ、な」

愛沙の髪をなでながらキャンプファイヤーの炎を眺めて思い返す。

「言っちゃったわね」

「ああ、ごめんな。相談もなく……」

「ふふ」

俺の選択が独りよがりなものじゃなかったかと考えたこともあったけど、その笑顔が答えだった。

「信じてたから……」

「なら、良かった」

愛沙がそう言ってくれることが、何よりもの救いだった。

「打ち上げ、みんなにいじられるわね」

「後夜祭のあとで集まるのか？」

「遅くなるからなしって言ってたけど、さっきのがあったから藍子《あいこ》がね」

ああ……。

予定にない仕事をさせられていっぱいいっぱいになった東野にあの後散々愚痴られたけど、まあ足りないよな……。心配と心労で大変だったみたいだし……。

「場所は……」

「入野珈琲《コーヒー》店、貸し切りだって」

「有紀と話したのか？」

「うん……」

「そっか」

何を話したかは聞かないでおいた。

でもまぁ、打ち上げの場所にするということは、ある程度気持ちが整理できたということかもしれない。

「賑《にぎ》やかになりそうね」

本当に……。

入学した頃には、いや二年に上がっても、考えもしなかったことだった。

それもこれもきっかけは全部……。

「ありがとな」

愛沙だ。

「なにが？」

「色々」

「そう……」

柔らかく、愛沙が膝の上で笑う。

「私も、ありがと」

そう言って愛沙が起き上がる。

鼻をくすぐるように髪からふわっと良い匂《い》いがした。

「それから……今日の康貴、かっこよかったわ。好きよ」

「え……」

不意打ち。

耳元でそっと囁《ささや》かれて、すぐに愛沙《あいさ》は俺から距離を取った。

ずるいなぁ……。

でも、今日の俺はこれで引き下がらない。

「俺も、好きだよ」

愛沙を追いかけて、耳元でそう言う。

それだけでいっぱいいっぱいなのに……。

「……よく、聞こえなかったわ」

耳まで真っ赤にして、わざとらしく愛沙が言う。

そっちがそのつもりなら、俺も今日は何回でも付き合おう。

「好きだよ」

「――っ⁉」

「まだ聞こえないか？」

「……き、聞こえないわ」

「そっか……好きだよ、愛沙」

それからも何度もそんなやり取りをして、みんなが迎えに来た頃には二人とも真っ赤になってしまっていた。

エピローグ　打ち上げ

「ったく……いつ言うかと思ったらあんなところで言うとはなぁ……」

晩人《あきと》がメロンソーダを飲みながら言う。

「あはは。私もびっくりだよ。おめでとう康貴くん！」

「そうか……ついに……」

「おめでとう、康貴」

「ん……おめでと」

秋津《あきつ》、隼人《はやと》、真《まこと》、加納《かのう》も続けて祝ってくれた。

そんな中一人だけ、俺と愛沙と、そして有紀を前に座らせてご立腹の東野がオムライスを食べながらこう言う。

「有紀ちゃんも藤野《ふじの》くんも、ちょっとは私のことも考えてよね！　もう……」

「ごめん……」

「悪かったって……」

「私も、なの……？」

「オムライスが美味《おい》しいから許すけど……もうっ……」

東野《とうの》の怒りは腹が満たされるほどにマシになっていくようなので、とりあえず食べ物を持ってきてなんとかしよう。

マスターの好意で食材は自由に使っていいと言われている。作るのは自分で、という形だ。マスターも明美《あけみ》さんも自分たちがいたらやりづらいだろうと家に入ってくれていた。

「おかわりは？」

「おねがいっ！　あと皆で食べられるものも！」

「はいよ」

空の皿を受け取って、キッチンに向かう。

「手伝う……」

「有紀」

すかさずやってきた有紀を見て、秋津が愛沙をからかった。

「おやぁ？　いいのー？　愛沙」

「わっ、私もやるっ！」

そんなところで対抗しなくていいのに……。

「ふふ……お熱いですなぁ」

「う……うるさいっ！」

まなみもからかうようにキッチンにやってきて一緒に洗い物と料理をはじめる。

「有紀《ゆうき》……」

広いわけではないキッチンスペースで、どことなく気まずさを感じて固まってしまう。

「……ん」

有紀が無言で、だが笑って、両手を掲げていた。ハイタッチに応じると、身体《からだ》が自然と、次へ次へと動いていく。

「いえーい、だよ？」

覗《のぞ》き込んでくるその視線に思わず心音が高鳴る。転入してきた頃の俺の服をつまんで離れなかった有紀とも、ヒーローだったあの頃の有紀ともまた違った、新しい有紀と改めて出会ったような気がした。

「有紀くん、今日すごかったなぁ」

「……ありがと」

まなみが有紀に言う。

「これで失恋同盟同士、お姉ちゃんが隙を見せたら情報共有してアタックしなきゃね」

「うん……私は学校、まなみちゃんは家で……」

「ねー！」

「ちょっと二人とも!?」

「あはは！」

どこまで本気かわからないそんなやり取りを見せられながら、いたたまれないので俺は目の前の料理に集中しておいた……。

でもまぁ、有紀が元気そうなのは良いことだろう。

「ちょっと康貴《こうき》っ！　なんか言って！」

代わりに愛沙がちょっと涙目で俺を叩《たた》いてくるんだけど、まぁこのくらいは甘んじて受け入れて、あとでフォローしておくようにしよう……。

◇

キッチンでのやり取りを終えて、パフェを作ってみんなのところに持っていく。

「おー、美味しそー！」

「ん……美味しい」

早速食べ始めた加納からも褒められてほっとする。

人数が人数だから少しバラバラだったところを、秋津がまとめてくれた。

「ま！　有紀はちょっと残念かもだけど、今日は祝勝会と愛沙と康貴くんのお祝いってことで」

秋津がパフェを片手にそう言って話を振る。加納は相変わらずマイペース。そして愛沙は俺の隣に座らされて顔を赤くしてソワソワしていた。

「いつからだよ。俺は映画館でもお前ら見てたから察してたけど」

「私もプリクラ撮ってるのまで見ちゃったからなぁ」

それは同じ日だからな……。

「じゃあ花火のときはもう……？」

「というかそれなら二学期入ってすぐ言え！」

「悪かったって……花火大会の日だよ。付き合ったのは」

素直に白状する。パフェに夢中かと思っていた加納がこんなことを言う。

「バーベキューのときからもう、付き合ってる雰囲気だった」

「まあそもそも愛沙はずっと恋する乙女の顔してたし……」

加納に乗っかるように笑う東野の顔はなんというか……母のようだな。

愛沙は基本的には非の打ち所のない優等生だが、極端にポンコツになるときがあるからな。あれを知って、面倒を見てくれていたからこそ出る表情だろう。

のんびりそんなことを考えていたら、秋津が突然こんなことを言う。

「さーて、次はどこがくっつくかねー？」

その問いかけで空気が一変する。それぞれが一瞬、ちらっとだけ色々な方向を向いた気がして、それでもその場でそれ以上は何も起こらなかった。

「有紀ちゃんの知らない話しちゃうのもあれだよね……ごめんね？」

東野が気を利《き》かせたが、有紀はこう答えていた。

「ううん……もっと、知りたい」

「……やっぱりこの子、可愛《かわい》すぎる」

思わず東野が抱きしめて、有紀もされるがままになる。

仲睦《むつ》まじいな……。さっきまで怒ってたのに。

「まあほら、この二人まだまだ隙だらけなんだし、そのうちチャンスがくるかもだからね」

ニヤッと笑う秋津のからかいに、隣にいた愛沙が反応してぎゅっと俺の腕を摑《つか》む。

「ったく……幸せ者め」

そう言って俺を小突いた隼人に、秋津がまたも爆弾を落とす。

「隼人くんもこれで吹っ切れたんじゃない？」

「なっ⁉」

慌てふためく隼人。その様子を見るだけで察してしまった。

まあそうだろう。そもそもこれだけモテる隼人がいつまでもフリーだったのは……。

「違うぞ康貴、俺は別にお前から取るとかそんなことは考えてないからな！　ただその……ずっと気になってただけだ」

「まあ花火のときも早くくっつけとか言ってたくらいだしな、隼人は」

真が乗っかる。

「高西《たかにし》の顔見てたら誰といたほうが良《い》いのかくらい、すぐわかるだろ」

どこまでいっても隼人はいいやつだった。

隼人の言葉に愛沙《あいさ》が別方向の反応を示す。

「私……そんなわかりやすかったのかしら」

「「うん」」

その言葉に、その場にいた人間が一斉にうなずく。

「気づいてなかったの、俺だけか……？」

「ま、自分のこととなると意外とわからないもんだよな」

暁人の慰めなのかなにかわからない言葉を受け、カフェが笑いに包まれる。

幸せな一日だった。

愛沙が俺の手を握って、俺にだけ聞こえるようにこう言った。

「幸せね」

その言葉だけで、俺も満たされていく。

ほんとに良い友達に恵まれて、良い幼馴染《おさななじみ》に恵まれ、そして……良い彼女に恵まれた。

「修学旅行もこのメンバーで行くからな」

「大所帯だねえ」

「まあ最悪二班に分かれても合流すりゃいいだろ」

「楽しみだな！」

それぞれが次の話をしながら、俺も一つ気づいたことがあった。

自分たちのことが落ち着いたから見えたのかもしれない。


そう。

何もじれったい想《おも》いを抱えているのは、俺たちだけではなさそうなのだ。

あとがき

あとがきの最初に書く挨拶《あいさつ》、一巻でははじめまして、二巻ではお世話になっておりますだったんですが、三巻になるともうちょっとフランクでも許されるのかな、いやでも……とか考えて迷子になったすかいふぁーむです。

まず最初に、おかげさまで一巻が再重版という連絡をこのあとがきを書く直前にいただきました！　こうして本書をお手に取っていただいた皆様のおかげです。

本当にありがとうございます！

さて、今回もあとがきは四ページ書いて良いと言ってもらえたので、せっかくなので三巻までの制作の裏側みたいなお話をできればと思います。

元々本作は知っての通り第五回カクヨムＷＥＢ小説コンテストの特別賞を受賞して書籍化へと至《いた》った、ＷＥＢ小説でした。

二巻で付き合った二人ですが、私はこの話を連載するにあたって、当初はその先まで書く予定は全くありませんでした。

ラブコメって付き合ったら終わり。そういう育てられ方（？）をしてきたので、メインヒロインとくっついた以上あとはエピローグで終わるんだろうなぁ、くらいの気持ちでいました。


書籍化が決定してすぐ、編集さんと最初の打ち合わせの段階で、「付き合ったからこそのイチャイチャがある、付き合ってからの話も書こう」ということになり、なんなら書籍化するにあたって一巻で付き合うところ、つまり二巻の終わりまで行く予定で制作していたのですが、私が色々盛り込みすぎていたこともあって付き合うまでに二巻かかり、ようやく付き合ってからこその二人の関係みたいなものをこうして三巻で書かせていただいたというのがここまでの流れになります。

そういうわけで割と早い段階から準備をしてきたのですが、今作の三巻は今まで書いてきた小説の中で一番苦労しました。

どうしても私の頭の二人は、付き合うまでは色々あるけど、付き合ってからはもう順《じゅん》風満帆《ぷうまんぱん》なイメージが強かったせいです。

そこで二人に刺激を与えつつ、活躍してもらう新ヒロインに登場してもらうことになりました。一巻時点から匂わせ続けてきたもう一人の幼馴染《おさななじみ》、有紀《ゆうき》です。

ＷＥＢからの書籍化ということで、本作の大枠のストーリー自体はＷＥＢにも掲載されているのですが、三巻該当部分はＷＥＢ版と書籍版で全く違うものになっています。どこが違うかというと、有紀のキャラそのものがガラリと変わっています。

当初から「引っ込み思案《じあん》だったまなみを変えた男友達」として紹介していた有紀は、ＷＥＢ版では完全なまなみの上位互換《じょういごかん》として、康貴《こうき》を振り回すパワーあるキャラクターになっていました。

が、書籍版としてまとめていくにあたって、ＷＥＢ版の有紀はどうしてもまなみの上位互換でしかなく、新キャラクターとしての魅力があまり出てこない、という問題にぶち当たりました。すでに三巻はかなり苦労して書いていたのですが、完成してなお問題が発生したわけです。

散々悩んだ上で、編集さんと打ち合わせの際に、ＷＥＢ版を無視して、初稿《しょこう》もほとんど無駄になるけど、有紀のキャラをガラッと変えます！と宣言して、編集さんもせっかくチェックした内容が大幅に変わるのに受け入れていただき、今の形になりました。

そんなこんなで、当初頭になかった物語かつ、一度完成してから登場人物のキャラがガラリと変わる、という紆余曲折《うよきょくせつ》を経《へ》たのですが、おかげで非常に良《い》い形でこの物語を送り出せたのではないかと思っております。

目隠れ、良いですよね。隠れ巨乳キャラです。楽しんでいただければ幸いです。


最後になりましたが、葛坊煽《くずまちあおる》先生、毎回登場人物たちを魅力的に描いていただき誠にありがとうございます。新ヒロインもすぐにイメージ以上のデザインを考えてくださって、おかげで執筆がかなり捗《はかど》りました。

担当編集小林さんにはドタバタした今巻でも非常にお世話になりました。

また関わっていただいた多くの方々にも、大変感謝しております。

誠にありがとうございました。


そして、こうして本書をお手にとっていただいた皆様、本当にありがとうございます。

四巻でもお会いできるよう頑張ります。今後ともよろしくお願いします。

すかいふぁーむ

お便りはこちらまで
〒一〇二－八一七七
ファンタジア文庫編集部気付
すかいふぁーむ（様）宛
葛坊煽（様）宛

富士見ファンタジア文庫

幼馴染《おさななじみ》の妹《いもうと》の家庭《かてい》教師《きょうし》をはじめたら3

再会《さいかい》した幼馴染《おさななじみ》の家庭《かてい》教師《きょうし》もすることに

令和3年3月20日　初版発行
令和3年8月20日　再版発行

著者――すかいふぁーむ

発行者――青柳昌行
発　行――株式会社KADOKAWA
〒102-8177
東京都千代田区富士見2-13-3
0570-002-301（ナビダイヤル）
印刷所――株式会社KADOKAWA
製本所――株式会社KADOKAWA

ISBN978-4-04-074074-4 C0193 ◆◇◇

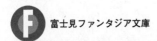

ティナ
四大公爵家のひとつ、ハワード家に生まれた公女殿下。なぜか誰でも扱える程度の魔法すら使うことができない。
変えるはじめましょう
アレン
公爵令嬢ティナの家庭教師を務めることになった青年。魔法の知識・制御にかけては他の追随を許さない圧倒的な実力の持ち主。
発売中!

切り拓け！キミだけの王道
ファンタジア大賞
原稿募集中！
賞金
《大賞》300万円
《金賞》50万円
《銀賞》30万円
選考委員
細音啓「キミと僕の最後の戦場、あるいは世界が始まる聖戦」
橘公司「デート・ア・ライブ」
羊太郎「ロクでなし魔術講師と禁忌教典《アカシックレコード》」
ファンタジア文庫編集長
前期締切 8月末日
後期締切 2月末日
公式サイトはこちら！ https://www.fantasiataisho.com/
イラスト／つなこ、猫鍋蒼、三嶋くろね